ISAHLUKO 1

Njengazo zonke izigaba zelizwe iThogotho yindawo
ehlala abantu. Kukhona imizi ethe gqa gqa lapha
lalaphaya, uyabona umuzi owodwa kumbe emibili
uhambe umangwana uhlangane lomunye. Okutsho
ukuthi loba umuzi womuntu usitsha uthwala nzima
ukuze awucitshe ngoba phela ukuthola umuntu
ongancedisa kuthatha isikhathi imizi
ikhatshanalakhatshana. Kukhona izikolo ezimbili
isecondary le primary lapho indetshana yakuleli ethola
khona izifundo.Bude buduzane nje lezikolo lezi
kulezitolo lapho abantu bakuleli abathenga khona ukudla
lokunye nje okunenginengi okusiza impilo zabo, phela
idolobho likude kakhulu nxa usuka kule
indawo.Okungangokuthi kulabantu kulesisigaba
abangazake balugxobe edolobheni kodwa bahlala
besizwa ngelikabathi. Ezitolo ke lapho yiyo indawo
esingathi lidolobho labo ngoba kunengi okwenzakalayo
lapho, yindawo obona khona amabhasi avela edolobheni
elikhulu iBulawayo,lezinye izimota ezincinyane eziletha
imithi kumaklinika.Kukhona lalapho okuthengiswa
khona lobu tshwala obusemabhodleleni yikho lapho
okunatha khona ingamula zakuleyo ndawo phela lobu
tshwala abutshiphanga buthengwa ngemali
etshisiweyo.Lapho ezitolo ungafika ngezikhathi
zantambama uthola sokuphithizelwa sokuluthuli ,phela
abafana benkomo bangaqeda ukuvalela bahle bagijimele
khona ukuyachitha isizungu bedinga lamantombazane
phela bathi oluzulayo luyadobha.Uthola sekugidwa

bantu sokuluthuli phela irediyo iyabe isikhalela phezulu
sokumnandi okwamampela.

Nankuya umfula uGwanzula yiwo ongumkhandlo lapha
eThogotho ,ngomunye yemifula ethela kumfula omkhulu
uTshangane,nganeno kwalo umfula yikho okulezitolo
lezikolo lemizi kuthi ngaphetsheya kube khona futhi
imizi yabantu.Njoba nje utshwala bemabhodleleni
budula kangaka abantu balapha bavamile ukuziphekela
obabo utshwala besintu ababuthi yisigodokhaya
besekuthi ke zonke izithandatshwala zakuleyo ndawo
ziwele khona okomhlambi wenyosi osuthole ubhalu
olutsha.Loba nje bubutshwala besintu akutsho ukuthi
ngobamahala ,okwamahala kulesi sigaba yikutshaywa
yimikhoba kumbe ukunethwa lizulu, buyathengiswa
kodwa hatshi ngentengo ephezulu.
Yiyo ke impilo yalapha bungavele nje bubile utshwala
emzini womuntu bavele nje bathungathe ubabone
sebethelekile ke sokuyibo ubu hohohoho kwatsha
amaqatha kwasala umsobho ,sokuxoxwa indaba ezinye
lazo ezicatshangwa umuntu seqhutshelwe inqayi.

Kusemini yantambama inkomo sezisidla zilubhekise
emakhaya,nango uMakhehlane ekhuleka emzini ka Mjiti
'kasingasuselwa amanqe yizinja kulabantu ekhaya'etsho
esethula ingwane engena egumeni.'Suka lapha wena
Makhehlane uqale nini ukwesaba izinja ungathi emzini
wakho ufuye zona nje'kutsho uMjiti ehlezi ngaphansi
kwesihlahla seTshabela egiga okuyimithi kwakhe
enganakile.Phela yinyanga enkulu lapha eThogotho
abanengi bakholelwa kuyo okwamagama sengitsho laye
uMakhehlane uyikhonzile kakhulu.Sebebingelelene

uMakhehlane ahlale phansi 'Wahamba ngobusuku ndoda ngabe yonke into ilungile la ovela khona?'Kubuze inyanga isimile kancinyane ukugiga. 'Khona kulungile mkhulu wami kodwa ungabona indoda ingena emzini wenye indoda ilanga selisiya munya kutsho ukuthi kukhona okutshaya amanzi mkhulu'.Kuphendula uMakhehlane edwebadweba phansi ngentonga yakhe . 'Ngiyakuzwa wethu kasiye ngendlini Kehlani phela okuzinyoni lokhu ngaze ukuzwe kuhlabelela kamnandi kangako kasimanga akho kungothathawese ,uzwe indaba seziphuma le lale umangale ke ukuthi zifike njani khonale'.NguMjiti lo ebutha yonke inyakanyaka le ephansi,ompande lamaphetshana abotshiweyo.

Nampo belubhekisa ngendlini lapho uMjiti asebenzela khona isikhathi esinengi.Ungena nje kulelixhibanyana lendlu uzwa inwele zonke zisukuma zisima mpo,uzwe inhliziyo yakho isiqala ukutshaya kakhulu angathi ngumuntu obekade egijima.Emgubazini wendlu kulenga isigogo sengwe nxa ungena uyasithinta ngekhanda ,ubusuhlangabezwa liphunga elingathi ngamahwahwa asebolile.Lithi hatsha ulizwe linuka esifubeni ngaphambi kokuba likhwele liye ekhanda lapho elifika lidungule ingqondo zakho ube sengathi ubunatha utshwala kanti qha sudakwe yilowo moya.Kulenkakhayi zabantu ezimbili ezilenga emdulini besekuthi ubuhlalu obumnyama lobumhlophe bathandela lezo nkakhayi.Kungcwele amathambo thambo nje indawana yonke amanye kungathi ngawezinyamazana kodwa amanye la kawakhayi ukuthi ngawani.Izigogo zabo khanka ,oqaqa lezinye ezingasakhanyiyo ukuthi ngezani zilengisiwe indlwana yonke.Ahlale phansi uMjiti abesesondeza udengezi olulamalahle aqhwayaqhwaye bese evula kwelinye lamasaka akhuphe iphetshana elimnyama alivule phakathi kwalo kule gabha elincane ,lalo alivule bese ekhupha ilembu elibomvu alivule ancwebe umuthi lo oyimputshana awuvuvuzele emalahleni ,nanso intuthu emyama tshu okwamayezi kazamcolo iqhamuka la .'khothama kule intuthu Khehlani bese uyahlala phansi kulesiya sigogo'.kutsho inyanga ikhombela isigogo sakhona ngetshoba elimnyama.Ayenze njalo uMakhehlani bese ayehlala laphaya aqale ukuthimula okuzwisa ubuhlungu'.Eseqedile inyanga ibisithi kethule ke udaba lwakhe aze ngalo. 'Mkhulu wami ngize la ngendaba engangiphathanga kuhle neze,uyambona lo umude mude lo abamuthi nguPopayi kungathi kukhona into aphezukwayo,iviki ephelileyo uthenge inqola entsha lamuhla lokhu ekuseni kufike amazenge amatsha kuthwa sefuna ukwakha indlu efulelwe ngamazenge,ngakho bengithi nxa kusenza mkhulu wami uPopayi lo kasimdabulise amafu baba ngoba kangimboni kuhle ngani umunya elami igazi njalo ungenza mina ngikhangelelwe phansi lapha esigabeni'.Kulandisa uMakhehlane esekhuphele wonke amehlo phandle. 'Hawu kahle khehlani ngiyaluzwa udaba lwakho phela mina ukubulala yinto encane kimi kudala ngibulala abantu la esigabeni ,umfoka Nxumalo lo obethwala abantu ebasa eGoli ebahlawulisa izinkomo ukuphi? Angithi imota yakhe ngayiwisela kumfula uTshangane kwahle kwaba yikunyamalala kwakhe. Lo ke undoda owatholakala esixukwini ephezu komfazi wami ngalowana mnyaka yena ke usakhumbula ukuthi umhlaba wawutshiya kabuhlungu kanjani?Wafa

ebhebha ekumalangabi omlilo akwangaziwa lokuthi
utshiswe yini.Angidlalelwa mina Makhehlane khuluma
loba yini ofuna ngiyenze kulo umuntu wakho ngivele
ngimsunsuluze mina kube yikuphela kwakhe'.Yinyanga
le isintshintshe umbala lo waba yinsundu amehlo ayo
esebomvu gebhu okomkoto wenkosi uTshaka evela
empini.Phela maduzane nje kukhona ukhetho lapha
esigabeni ,kukhethwa uSobhuku omutsha yikho nje
uMakhehlane engahlalisekanga phela leso sikhundla
usifune ngabomvu amehlo.UPopayi lo usuke abe
ngumesabisi omkhulu nxa elokhu ethengana lezinto
ezintsha lapha esigabeni phela abantu balapha bande
ukukhetha umuntu ocwebileyo ovele ekhonjwa
ngophakathi.

'Mkhulu wami mina angifuni zinto ezinengi ,ngifuna nje
ungiqinise ukwedlula uPopayi.Ngithi nxa ngifika
emadodeni bangesabe bese uyawavala amehlo abantu
bonke la esigabeni kubemnyama tshu,uduhise le
ngqondo zabo zingabe zisacabanga kakuhle ukuze
nginqobe kukhetho oluzayo'.Ngumakhehlane efinya
amakhovula la asempompoza okungapheliyo.Inyanga
ithule okwesikhatshana kukhanya ukuthi kukhona
ekucabangayo. 'Ngikuzwa kahle, pho uPopayi lo yena
uthi kuthiweni ngaye phela bengithi kumbe udaba
olumqoka lukuye'.NguMjiti lo kungathi usedidekile.
''Baba lumuntu nxa kusenza kasivele simuse
kogoqanyawo kuhle kube yikuphela kwakhe bese mina
lawe sisiba yizikhulu zalapha eThogotho''.
''Buya ke phambi kwamaviki amabili ngiqale
ngiyicabangisise lindaba wethu bese sibona ukuthi
sihlawulana njani Khehlani, okwakhathesi thatha nanti

iqhaga leli uligebhele enkabeni yomuzi wakho bese kuthi phezulu uhlanyele iluba ozabe ulithelela ngochago maviki wonke lokhu ukwenze ebusuku abantu sebelele.Kuzakwenza uqine uthi nxa ufika emadodeni bagoqe imisila bakunikeze isihlalo sokuhlala''. ''Ngiyabonga mkhulu wami sesizathi sibonane ke emavikini ambalwa azayo''.NguMakhehlane lo esukuma edobha intonga leqhaga elitshwathika emgodleni. ''Kakubongwa ngomlomo lapha Kehlane yikhona uzangibonga sesilungisa udaba lwakho loPopayi''. Kutsho uMjiti laye esukuma ekhipha uMakhehlane.

Njengazo zonke insuku latshona ilanga kwaba sebusuku safika lesikhathi sokuthi uMakhehlane ayenze lokhu ayekulayelwe yinyanga. ''NakaThandeka kasiye gqibela sesifikile isikhathi''.Ngumakhehlane eqhweba umkakhe uMaSiwela .''Kodwa baba luzavela kuphi uchago lokuthelezela lelo luba?''.Kubuza umfazi ephuma engutsheni beqhubana lendoda besiyagebha. 'Umabuyekwendeni ulethole elincane,uzimakazi umithi besekuthi ubhudumu seqalile ukulandelwa'.Yindoda le ibala amatsiyane emaqandeni engakacacadi.Bagebha okuligodanyana basebegxumeka iluba phakathi kwaleli qhaga elalilamanzi aluhlaza anembulukayo angathi lidelele bagqibela.Bathatha ke uchago olwalusengwe ekuseni lwaba yilo olokuthelezela lelo luba,sebeqedile baphindela ngendlini bayalala.

Ngale ngemzini kaPopayi kakukalalwa,bahlezi emkhulwini bazikwejisele nje bawosa imbeba,zichayiwe ziyathonta amafutha kukhombise bezinonile imihlolo,phela wayezijimbe zaba zinengi mhlalokho

uMkhululi. Esewosawosile ezakhe uMkhululi athi yena
sake ayedlela ngexhibeni lakhe atsho lokuthi udiniwe
njoba etshone elusile imini yonke. Kwasala ke
unaMkhululi loPopayi belokhu bewosa, kwathulisela
okwesikhatshana kwangathi balalelise umsindo
wamafutha la athontela emlilwe.'Wee SekaMkhululi
izinto seziyakuntshintsha ke la emagumeni akho
,kungekudala nje indlu yethu yobe isimile lesikhundla
lesi sikaSobhuku kuyobe sekungesakho,ngakho baba
bengithi ngikwazise ukuthi balutshwana abantu
abazakujabulela lokhu'.NgunaMkhululi lo ekhwezela
umlilo.''Lelo limqoka mkami ,ingabe ikhona yini
Makhumalo into obesuyicabangile?Kubuza
uPopayi.'Kanti sisalindeni baba ngidedele ngivakatshele
UMankiwane kusasa okusayo ,ngikutholele izihlahla
leziwatsho zokuthi ugeze lawe ukhiphe iminyama
lamabhadi,phela kumele uhlale uhlomile awazi ukuthi
isitha siza ngaliphi ihola lokuthi lapha esikhona sona
sicabangani'.'Ngiyakuzwa mama irobhothi liluhlaza
,wena tshaya nje amazolo ekukhaleni kwenkukhu ukuze
kuthi liphuma ilanga ube usuzafika
koMankiwane'.NguPopayi lo evumelana lomkakhe.

Kwasa okungaliyo,zehla ezihlahleni inkukhu zambona
loMakhumalo ekhusuzela etshitshisa okomuntu
oseseliwe emsebenzini.Izinyoni zalapha eThogotho
zimbonile echapha umfula uGwanzula elubhekise
ngesontweni enkulu i*St John the Baptist Orthodox
Church*.Phela indlela emfitshane idlula nje eceleni
kwensonto le ikhekheleze uthango lwayo.Wayilandela
uMakhumalo lindlela okwenkomo esemfolweni
,uselibele ukuthi u -*Father Philip* ngaleso sikhathi uyobe

selungiselela inkonzo yekuseni.Esezadlula esontweni wabona *uFather* ephuma ngendlini yakhe eqonda esontweni wabesithela ngesihlahla wama okwesikhatshana ukuze umfundisi engamboni hlesi ambuze ukuthi wadlula isonto isiqalisa kwenze njani.Phela uMakhumalo lo ngomunye wabomama abahlabelela okwentaka lapha ebandleni.Mhlazana kunguye oqale ingoma uyawuzwa umoya ongcwele usehla ukungena uzibone lezingilosi zindiza lapha esontweni kuhlabusa.Isibane sesonto sakhanya kwazise umfundisi usengenile ,wahweda ke uMakhumalo wadlula isonto watshitsha ke kakhulu elubhekise koMankiwane.

ISAHLUKO 2

Wazikhupha uMkhululi inkomo walubhekisa emadlelweni ukuyachakisa ukuze zithi lapho sezisengwa zehlise okwamagama.Phela yinto vele avame ukuyenza nsuku zonke ekuseni ngaphandle kwange sonto lapha avuka khona aye esontweni yabo izayoni.Njengoba uchago selufuneka kakhulu la KoMakhehlani wavele wavusa umntanakhe uThandeka wathi kaye chakisa ukuze uchago luthi xaxa.Phela UMasiwela loMakhehlane babezale inkazana yabayodwa kwasweleka lomfana nje ozakwelusa inkomo ngakho uThandeka lo ukhule eyelusa vele yinto ayijayeleyo.Bayamazi abafana abanengi lapha esigabeni phela belusa laye ,bayakwazi njalo ukuthi akadlalelwa uyayigiqa indoda phansi la ivume ngekhanda.Wayelutshaya ukhwelo lunkazana ukwedlula abafana abanengi lapha esigabeni.Phela abafana abanengi bafundiswe nguye ukwelusa ,bakhula bayadinga imisebenzi edolobheni bamtshiya yena lokhe eyelusa.Esahamba uThandeka ezwe umsindo kabapori ngale ngemafusini kodwa kawuqedisisi ukuthi ngokabani.Bavamile abelusi balapha ukuhlanganisa izandla bese bevuthela kuphume umsindo omnandi .Azinqande inkomo zikayise alubhekise khona ngase fusini uthe ethi mehlo suka abone nguMkhululi welusile.

"Hawu sithandwa sami lamuhla uthe uke ungivakatshele,uyenzile shuwa lami vele bese ngikukhanuke ngaze ngakudweba ebhuqwini".NguMkhululi lo ezidlisa satshanyana. "Ungabofuna ukuzenzisa lapha wena mntakaPopayi

ngizakuyangisa angisuye sowenu mina fuseki,othe
ngilande wena khonapha ngubani
ungabozimbuluzisa".kuphendula uThandeka
engasadlanga nkotshane.'Kanti manje udingani lapha
efusini nxa ungalandanga mina ,kudala ngikubona wena
Thandeka uyanginqwathela angikuboni kahle. ''Usugula
ingqondo manje Mkhululi ,awusiyo latype yami wena,
umntwana ongangawe ungangenzani wena.''kuphendula
uThandeka ebamba iqolo .'Ufuna ukubona ukuthi
ngingakwenzani ?'.Kutsho uMkhululi esondela
kuThandeka esefikile amqabule .UThandeka ulaka du
bamqabula futhi okwesibili,okwesithathu baqabulana ke
bonke bobabili bazebawiselana phansi ,banamathelana
okwesikhatshana .UMkhululi uthe esekhupha ibhulugwe
kwakhala umakhalekhukhwini wakhe ,weqa wama
ngezinyawo waphendula ucingo.''Mfanami kazibuye
inkomo amankonyane asebanga umsindo
ngapha.''NguPopayi lo engadingi lempendulo
kaMkhululi. ''Thandi usale kuhle ubaba usengifuna
ngekhaya ,ngizakubona ntambama ezitolo
''.NguMkhululi esibathela esiyaphendula inkomo
nanguya ezibhekisa indlela yekhaya.UThandeka wasala
engelankani ,wamkhangela uMkhululi esolobela
kuleziya zihlahla wabesesukuma laye wathintitha
izigqoko zakhe.

UMakhumalo wathi ekhuleka esangweni
lakoMankiwani wavele wahlangabezwa ngamajaha
amabili okwakukhanya ukuthi ngamathwasa
kaMankiwani.Amadoda la abevunule amabhulugwe
amafitshane kuphela kuthi ngaphezulu
enqunule.Ezihlathini lapha ebevuza igazi kwazise

bebeqeda kutaba basebegcotshwa ke umuthi onjengo msizi.Bamemukela ke uMakhumalo bamkhombisa ukuthi ayehlala labanye labo ababelande ukuzothola uncendo.Esalibele uMakhumalo kwathutsha elinye lamathwasa lamchela ngomuthi owawunuka kubi ,lokhu bebekwenza kumuntu wonke ofikayo ukwenzela ukuthi akhuphe imimoya emibi ngaphambi kokuba ayehlangana loMankiwane.Isangoma siyazwakala ngale ngasendlini yaso yokwelaphela lokhe sibhodla okungapheliyo ,kuhlalahlale isikhatshana sibize amagama abokhokho lamadlozi akwabo bese eyaqala futhi ukukuwa okwakwenza inkukhu zalapha ekhaya zibaleke ziyebuthana ngaphansi kwesihlahla.Safika isikhathi sokuba uMakhumalo angene ,wakhupha izicathulo wabesentshungubala wangena.Ngqwangqwa lomfazi oqatha omnyama tshu,izihlathi lezi ziyalenga angathi ngumuntu obulawa ngamazinyo.Ugqize ubuhlalu obubomvu lobumnyama kusukela entanyeni kusehla kusiya esiswini.Amehlo lawa makhulu akhutshelwe phandle lawo elinye leli libomvu lihlengezela inyembezi leli elinye kalicwayizi likhangele nje.Abhodle uMankiwane azitshilatshile kanenginengi bese ebuza. 'Umama nguMakhumalo?' Avume uMakhumalo.Abhodlabhodle kanenginengi ezitshila njalo bese esithi ''kambe ngabe umkakho ufuna ngimenzeleni Makhumalo,ngiyabona phela kaphephile kukhona imimoya ethungathayo?'.Yilo kanye udaba olungitshayise amazolo ukuthi ngizodinga usizo lwakho ngifuna loba yini mama ongangisiza ngakho ukuze mina lemuli yami siphephe kukho konke okubi okungasehlela, kakhulukazi umnyeni wami bengicela aqiniswe''.Kuphendula uMakhumalo esetshaywa luvalo

lokuthi isangoma simazi kanjani lokuthi udaba lwakhe
silwaze kanjani.

''Ngibona abantu abathathu abahlanganyela kuqhinga
lokuchitha umuzi wakho,amadoda mabili besekuba
lomfazi oyedwa''.Yisangoma lesi sisitsho sinaba.
'Kambe ugogo ubengangipha na amagama alabo bantu.
Kuphendula uMakhumalo engasahlalisekanga. ''Wena
uze lapha ukuzodinga usizo lwami hatshi amagama
abantu ,tshiyela yonke into kimi .NguMankiwani lo
elalamela elinye lemigodla lemithi yakhe. ''Mina
ngincedisa abantu ngendlela ezitshiyeneyo mama
,umbane ngiyawuthuma libalele umuntu antshintshe
umbala lo ube luhlaza,igazi ngiyalikhupha endlebeni
yomuntu lasemakhaleni kube yikufa kwakhe kuthi
abanye ngibenze nje bebe yiziyathuyathu into
engelancedo''.Kambe ngabe uzimisele mama
ukusebenzisana lami?''kubuze isangoma. UMakhumalo
esezwe elabantu abathathu abafuna ukuchitha umuzi
wakhe wavele wavumela phezulu wathi yena uzimisele
kuloba yini efanele yenziwe. ''Ngilemithi engiyigebha
eMalawi leyo mithi kayidlalelwa mama,ngilabondofa
abakhuthele imihlolo ukwedlula okungontokolotshe
kwalapha eThogotho sokukuwe ke Makhumalo ukuthi
wena ufuna ngikusize ngakuphi.

Akhweze iphika uMakhumalo abuye alehlise,athule
okwesikhatshana okomuntu ocabangayo uvalo lwakhe
soluzwakala indlu yonke .Uzibuza imibuzo eminengi
nengi eswele impendulo.Eminye yemibuzo
yayingeyokuthi ebandleni bazakuthini,uNkulunkulu yena
ke uzamkhangela kanjani mhlazana yonke linto
ibhoboka iphumela emagcekeni.Kusenjalo eyinye

inhliziyo ithi kuyena akaqunge isibindi aqedise indima le avele seyihlabile. ''Inhlawulo kandofa oyedwa ingaba yini gogo sengihlanganisa lomuthi ozangipha wona?''Kubuza uMakhumalo uvalo soluthe gidi esekhuluma sengumuntu oqinileyo ozimiseleyo .''Undofa oyedwa ngijayele ukubiza inkomo zibe mbili kuthi imithi ngibize imbuzi zibe nhlanu,kodwa wena njengoba usaqala nje qhuba inkomo ibe nye lembuzi ezine kusasa nje okusayo.Kuphendula isangoma siqhuba imithi . ''Mathuthuva,Mathuthuva'' simemeze isangoma.Nanto ithwasa libuya ligijima .''Ngiqazela undofa oyedwa laphana esiphale phangisa ukhethe okungathi kuhlakaniphile''.Ngokuphazima kwelihlo wabe sephendukile uMathuthuva ethwele umgodla ophefumulayo.Nanso ke iphasela yakho mama sengizakubona ngawe kusasa uhambe kuhle.Wasukuma uMakhumalo lemitshaqana yakhe wahamba.

ISAHLUKO 3

Kuntambama kubetha umoya omnandi lapha esigabeni
,esitolo sako Phephetha okuyiso esithengisa utshwala
kuhlezi izikhulu zalapha eThogotho.Kungene uThandeka
loMkhululi bathenge *ivice roy* baphume bahlale phandle
kwesitolo bazinathele nje bekwejisile.Buthe
sebusekhanda utshwala asukume uMkhululi angene
esitolo aqale ukugida .Kukhala eyinye yezingoma
zeNdolwane ethi *ubukhosi ngamazolo lamhlanje nguwe
kusasa yimi* ,wagida umfana esondela lapho okuhlezi
khona abantu nango ekhaba utshwala babo ngabomu
ebuchitha qede ahleke kakhulu egabaza ethi nguye
osesele eyinkosi laba abanye ubukhosi kade
bungamazolo sobuphelile.Bazonda kakhulu obaba labo
baphuphuma ulaka kodwa kwakungela into
ababengayenza phela uMkhululi lo yinkunzi lapha
esigabeni indoda wayengaphuzi ukuyikhumula
amazinyo.Amankazana wonke ayamazi ukuthi
ngumuntu onjani phela wayethi engakukhombisa
kufanele uthi usacabanga hatshi ukumyala ,ngoba lakho
kwakutshayisa.

Kuthe sokusiba mnyama uMkhululi wagona uThandeka
basuka bahamba baze bayawela embhedeni kaMkhululi
emzini kaPopayi.Balala bonke lapha kuthe
sekusemadabukakusa uMkhululi waphelekezela
uThandeka wamfikisa ngibo waphenduka.Yinto
ejayelekileyo lapha esigabeni ijaha liyanqwetha ebusuku
liye ngakibo kwentombi lifike liyithathe lihambe layo
lize liyiphendukise emathathakusa ukuze abazali
bengananzeleli.UMakhehlani loMasiwela bebengela

ndaba lokuthi uThandeka uyenzani empilweni
yakhe,bona bebefuna ukubona inkomo zikwanile.Ukuthi
umntanabo wenzani ngemva kokuvalela inkomo
bebengakudingi.

Uthe efika ngakibo uMkhululi wafica uyise esekhuphele
inkomo eyodwa phandle kwesibaya lembuzi ezine.'Baba
wakhupha inkomo ngalesisikhathi kuhle?' Kubuza
uMkhululi.
'Ungangibuzi urabitshi wakho lapha wena mfana uvela
ngaphi ngalesisikhathi, usuloya?'
'Hatshi baba besilele emlindelweni esontweni manje
khona sitshayisa'.
'Amasonto enu nganjani ahanjwa ngobusuku angani
lingaze lingenelwe yimikhoba ilimukule lonke
labafundisi benu laba bamanga.'Bahleke bobabili qede
uPopayi athi 'Zwana ke mfanami ngiqhubela lezimpahla
uzise koMankiwane ufike uthi ubaba ubongile kakhulu.'
Wavele wavumela phezulu uMkhululi waziqhuba
kasabuzanga ukuthi kungani zisiwa wakhona wavele
wacabangela ukuthi zithengisiwe.

'Lowu umuthi osephepheni elimnyama kuthwa
ngowenhlanhla uyawuphehlela ekhanda nxa uqeda
kugeza amagwebu awo akuthele umzimba
wonke.NguMakhumalo lo esipha izeluleko zemithi
kuPopayi.
'kuthi lowu okuqhele elibomvu ngowokugabha ukhiphe
yonke ingcekeza lezidliso elizithatha ematshwaleni enu
lawa elingafuni kuwatshiya.Besekuthi ke lowo
onjengempuphu uyawufaka emanzini bese uyachela
iguma lonke lasesangweni lomuzi'.'Kuyezwakala

Makhumalo kodwa phela awusatshongo ukuthi uSkeke
yena ngowani'.NguPopayi lo ekhulumela phansi.
'USkeke uzakuba ngamehlo ethu lendlebe zethu,kuthwa
ukhuthele imihlolo sizabe simthuma asenzele eminye
imisebenzi eqakathekileyo'.NguMakhumalo lo
etshengisa ukuba undofa bazakumsebenzisa
kanjani.'Kuthwa kuyobe kusidlani ke okuyinto kwakho
lokho ?'
'Ungabokuthi okuyinto kwakho angathi wena asikho
kwakho '.Kuphendula uMakhumalo esezondile.
'kuphila ngobulongwe benkomo besekuthi ngokuya
kwesikhathi sibe sikunathisa lochago'.
'Makhumalo sizaluthatha ngaphi uchago phela nanko
kasila lankomo esengwayo thina'. 'Uzakudinga iqhinga
njengendoda ubone ukuthi imuli yakho iyathola ukudla
okweneleyo'.Kuphendula uMakhumalo esukuma
ephuma phandle.

Uthe esephandle uMakhumalo umakhalekhukhwini
wakhe akhale.Aluphendule ucingo ezwe ngumfundisi
uPhilip.'Kanti sithandwa sami sesibona nya kulezi
insuku sungizonda hanti?' Ngumfundisi lo ngamazwi
enza ulaka lukaMakhumalo lwehla kancinyane .
'Ngikhona mina yikuthi bengibambekile kulezi
insuku,ngizabuya ngizokuvakatshela emini usamfana
angavulela inkomo.'Kuphendula uMakhumalo
ekhulumela phansi hlezi umnyeni wakhe
amuzwe.Baxoxaxoxa ke lomfundisi bavumelana ukuthi
bazakubonana mbayimbayi.Wathaba wabamanzi te
uMakhumalo ngoba phela lamuhla uPopayi
wayezakutshona enkomeni ngoba uMkhululi
engekho.Lokhu kwakuzamupha ithuba lokuthi ake

ayekhupha umfundisi wakhe amagingqo.Phela umfundisi uPhilip wayengomunye wabafundisi ababekhethe ukuthi bona abasoze bathatha abafazi empilweni zabo ,bathi bona bazazimisela ukukhonza uNkulunkulu kuphela lokuncedisa inceku zakhe.Uyalazi ibhayibhili lubaba,lapho atshumayela khona ibandla lonke liyaginya amathe kokuphela,kuthi lapho esehlabela amahubo ebandla uzubone angani sundiza emazulwini.Phela ezebhayibheli lezi wazichaphela inlwandle wayafundela okuzwayo waze waqeqetsha khonale kweleMelika.Abafunda laye khonale bayazazi iziga zakhe ,bayatsho phela ukuthi ubengalali ekolitshini ,ubebuya ekuseni njengababalisi.Bayatsho njalo lokuthi ubeyinkonjwa khonale abesifazana laba ebantshintshanisa okomuntu ontshintshanisa izigqoko.

Azivulele inkomo uPopayi nango eqonda lazo phezulu le eguswini,uhamba nje ikhanda lakhe kalikho lapha ulemibuzo eminengi engela mpendulo.Eminye yemibuzo yayingeyokuthi kambe ngobani laba bantu abathathu abamncabangela ukumthakatha.Awabale wonke amadoda lamanina alapha eThogotho adinge aswele ukuthi phakathi kwabo laba kambe yibaphi abaleqhinga elibi kangaka.Ekugcineni aziduduze ngokuthi njoba imithi isikhona nje sokungcono hlezi imizamo yalaba bantu ingasebenzi.

UMkhululi uthe esezafika koMankiwane wahlangana lo Olwethu ,litshatshazi lentombi ngiyakutshela lithwele umgqomo livela kukha amanzi.Wayemuhle emhlophe umntwana wabantu,ethi nxa ebobotheka kukhanye amagodi ezihlathini,amazinyo lawa emhlophe okongqwaqwane.Babambisana indlela ke bobabili loMkhululi behamba bexoxa uMkhululi waze waphiwa lenombolo zocingo.Wethuka ke uMkhululi ebona bengena bonke koMankiwane , wayengakwazi phela ukuthi uOlwethu lo licinathunjana likaMankiwane intandokazi yakhe uqobo.Ngale uMakhumalo usele wageza wabamuhle imihlolo,wabesegcoba isibhuda lesipenda mlomo sokungathi yisipoko .Useqwaqwazela phela ngabo qwa laba abathengelwa nguPopayi ngekhisimusi edlulileyo.

'Wazibhuda wabayintombi mzawami ulubhekise kuphi?'Kubuza uMaDube engena emzini kaPopayi. 'Ngiyalapha ngesontweni sukhohliwe ukuthi lamuhla siba lomhlangano wabomama' .Kuphendula uMakhumalo ekhupha imfuko yakhe yegwayi ebhema. 'Ngibe lenhlanhla ke ngikuthole ungakaphumi asikho kuwoma lokhu wethu ake ungincwebise'.NgumaDube lo ecela Igwayi lamakhala .'Wena vele awusathengi elakho suthembele ukuthi uzobe ucela kimi kanti mina ngilomthombo walo yini.' NguMakhumalo engcwebisa umaDube igwayi.Baphumisane ke bonke umaDube aqonde kwakhe uMakhumalo watshitsha ke waqonda ngesontweni.Wathola umfundisi ecambalele esofeni ebukele umabonakude.Babingelelana ke badumelana ngemilomo baqabulana.Kwabakuhle kwabanjeyana waqala ke ukutshitshinika uMakhumalo esepheka ukudla kwemini.Okwenzakala ngemva kokudla kungalawulwa yimiduli lezivalo zendlu thina kasisakungeni.

Uyahaluzela uMkhululi sedinwe segane unwabu kuthi ukoma kuthi indlala ,uthe esefikile duze lesonto

waphambuka wathi umuntu ake acele amanzi okunatha kumfundisi.Nguye lowa uMkhululi ezithela esontweni wafika waqoqoda ngendlini kamfundisi ,kuphume umfundisi ethandele ithawulo.'Yebo mfanami ngingakunceda ngani ' kubuza umfundisi.
'Ngiwomile baba linganginceda ngamanzi okunatha ,ngibone sokukhatshana ukuyafika ngemifuleni ngathi umuntu angaze aqaleke ngcono ngicele lapha ngesontweni'.Wahamba umfundisi wayathatha amanzi ,watshiya umnyango uvuliwe kukhanya izicathulo zikaMakhumalo phandle kwekamelo likamfundisi.Wamangala kakhulu uMkhululi ukuthi kanti umfundisi sehlala lomfazi kumbe yisihlobo sakhe esivakatshileyo.Wazibuza imibuzo eminengi nengi eyaphazamiswa ngumfundisi esebuye lamanzi .Wanatha ke uMkhululi wabonga nguye lowa esuka ehamba.'Ngubani obeqoqoda ?' kubuza uMakhumalo ecambalele embhedeni kamfundisi. 'Ngumfana obecela amanzi okunatha angimazi ukuthi ngowangaphi'.Kuphendula umfundisi eseqela embhedeni angani ngumntwana omncane.

Ngale ngaseguswini uPopayi isizungu sesimthwalise nzima phela kudala wacina ukutshona egangeni eluse inkomo.UThandeka uthe ebona inkomo zika Mkhululi wavele watshaya ezakhe wazisa khona.UPopayi uhlezi ngaphansi kwesihlahla, phela wayefana xathu loMkhululi wawungeke watsho ukuthi ngubaba lomntwana kwakungathi ngamaphahla.'Sithandwa sami kunjani lamuhla?' kubuza uThandeka .Weqa uPopayi wama ngezinyawo ,usemangele phela ukuthi lowo ombiza ngokuthi sithandwa ngubani.'Hawu kunjani

ntombazana ,waze wangibiza kamnandi mntanami
angikhumbuli ngawacina nini lawa magama amnandi
kangako'. Kuphendula uPopayi ezisondeza
kuThandeka.'Ngiyaxolisa baba yikuthi bengilifanisa
lomunye umuntu'.Kuphendula uThandeka esethukile
kakhulu.'Hatshi ungaze wethuka mntanami akula ndaba
lokhu,njalo ungangibizi baba mina ngibize
Pops'.NguPopayi lo edlalisa dlalisa isandla sika
Thandeka.Phela uThandeka lowo wayewathanda
amadoda kakhulu njalo wayebuthakathaka eqileka kalula
nje.Ngakho okwenzakala ngaleyo mini lapha eguswini
bebobabili loPopayi kwaziwa yizihlahla zakulelo gusu
lezinyoni zeganga thina asikungeni.

Ngale ngakoMakhehlane kuhlezi uMasiwela
loMakhehlani ngaphansi kwesihlahla.Bayazixoxela nje
bakhangele iluba labo,lona seliqalile
ukubamba.'Bengisetshwaleni izolo koMpofu umuntu
wonke ukhuluma ngendaba kaSobhuku le ,abantu
bakhathazekile phela ukuthi yisigaba bani esingahlala
singela Sobhuku'.NgumaSiwela lowo ekhuluma
lomkakhe.'Hawu yinindaba ufihla indaba ezimnandi
kangako wena mfazi ?Bathi kwenze njani?'.
'Abantu bonke bathi kakukhethwe omunye uSobhuku
njoba nje sekuphele inyanga uSobhuku
wasitshiya,ngakho mina bengithi kuzamele uvakatshele
uMjiti ngoba khona maduze kuzobe kukhethwa amadoda
afanele leso sikhundla .'
'Ngiyakuzwa mfazi sengizakuvukela khona ekuseni
ngizwe ukuthi engangincedisa kanjani uMjiti phela lesi
isikhundla ngisifuna ngamehlo abomvu hatshi
mbijana'.Kuphendula uMakhehlane ephakamisa iqhaga

lotshwala anathe qede aqhubele umaSiwela .Emukele
umaSiwela abubhije qede afake iqhaga phansi.
'Lamuhla bubilile sibili uyabuzwa baba ?Hatshi
okwezolo lokhu sinathiswa umhiqo
ngumaMpofu.NgumaSiwela lo ehlikihla umlomo
wakhe.Phela lobu tshwala wayebuye labo ngezolo ethi
kabubilanga kuhle .'UmaMpofu evele ekwazela ngaphi
ukugwaqa utshwala sokulufuziselo nje lokhu akwenzayo
besinathisa amapitikoti abo nje lapha.Kuphendula
uMakhehlane qede bahleke bonke lomkakhe.

UMkhululi wafika ngakibo egane unwabo ethi kumbe
uzafica kuphekiwe kanti uyazikhohlisa umuzi ugcinwe
zinkukhu lamatsiyane azo.Wangena ngasemkulwini
wathola eziko kulothile emsamo kugijimisana ama
wuwu ,waphuma waqonda ngendlini kayise lo nina
wathola umnyango ukhiyiwe.Phela umaKhumalo
wayephume esejahile waze wakhohlwa lokutshiya
ephekile.Azibuze ukuthi kambe unina angabe eyekuphi
,kambe kungabe kuyizo izicathulo zakhe
azibonileyo?Azibuze imibuzo eminengi nengi eswele
impendulo.Lithe ilanga selikhotheme umfundisi
waphelekezela umaKhumalo ngemota wayamtshiya duze
lomuzi wakhe.Umkhululi wambona unina esehla kuleyo
mota wavele waba lesiqiniseko sokuthi izicathulo
azibonileyo bekungezikanina ngempela.'Mama utshone
kuphi kanti kudala ngifikile lapha ,ngithola
akuphekwanga lapha ekhaya kuhamba njani
kanti?'Kubuza uMkhululi ecaphukile.'Zwana bhoyi
angisi mfazi wakho mina uboke ukhethe amagama akho
nxa ukhuluma lami ,besekufanele ngiyeke ukuya
emhlanganweni wesonto ngiphekele wena?'

'Nxa ungasimfazi wami ungumfazi kabani manje ngokababa kumbe okamfundisi?'.Uthe esekhuluma uMkhululi yahlala impama esihlathini yasala idindile. 'Uthi mina ngingumfazi kamfundisi ngaliphi ,usuhlanya yini wena Mkhululi?.NgumaKhumalo lo eselengise amehlo ngenhloni ebusweni bakhe sokubhaliwe indawana yonke ngamabala amakhulu ukuthi ungumfazi kamfundisi. 'Ngaze ungitshaye oqwa bakho ngibabonile endlini kamfundisi ngidlule khona ngicela amanzi'.Kuphendula uMkhululi enganakile ukuthi ukhuluma lonina.'ah a a aa ah ah ah mfanami uke wafika endlini kamfundisi .Ngiyakucela mfanami into le kayihlale phakathi kwethu sobabili ungamtsheli uyihlo'.Kwatsho umakhumalo eqhubela umntanakhe ingxenye yemali ayeyiphiwe ngumfundisi ukuthi kube yisivala mlomo.Wahle wayemukela ngokukhulu ukuphangisa leyo mali uMkhululi nguye loya eqonda ezitolo esiyathenga utshwala.Uthe esendleleni watshayela u Olwethu ucingo emcela ukuthi babonane ezitolo kodwa u Olwethu wayala wathi yena kahambi ngobusuku njalo unina ngeke amvumele.

ISAHLUKO 4

Latshona ilanga njengenhlala yenza kwanqunda
lasemehlweni abantu,ubusuku bembesa isigaba sonke
zaqala ukukhala izikhova .'Ngiyalibona bathakathindini
hambani liyetshela abalithumileyo ukuthi sibakhangele
kungekudala lathi siyobe sesihlomile'.NgumaSiwela lo
ethethisa izikhova lezi ezibanga umsindo ngaphandle
komuzi wabo'.
'Sebehle bengithumela izikhova ngingakakhethwa
lokukhethwa ukuthi ngibe nguSobhuku ,sokuphuzile
ukusa umuntu avakatshele uMjiti ngiyabona abantu
sebedlalela phezu kwami.Ngiyezwa lakulezi insuku
ngivuka ngidiniwe amadolo lawa leqolo leli
kubuhlungu.Ngethemba ngilala ngigade isambane
ngigijimiswa iThogotho yonke leyi'. NguMakhehlane lo
sokumphuzele ukuthi kuse ayebona inyanga.

Kwasa okungaliyo wavele weqa uMakhehlane wagqoka
amajambo akhe lekawuso yakhe eyayisintshintshe
umbala ngenxa yokungcola.Kasacabanganga ukuthi
ageze lamehlo akhuphe ubuthuku nje kodwa wavele
wadobha intonga yakhe nanguya ephuma umuzi.Inkukhu
zalapha ekhaya zimbonile esithela kuleziya zihlahla
etshaya amazolo eqonda koMjiti.Uthe efika ngemzini
kaMjiti wathola vele esesebenza ngoba kwakulabantu
ababili ababefike emadabukakusa belande
ukuzoncediswa kunhlupho zabo.Wahlala phansi
uMakhehlane wamelela ukuthi inyanga iqedelane
labantu bayo phambili kokuthi laye

angene.Kwabayinhlanhla ke inyanga kayizange ithathe isikhathi eside lalababantu ,kungekudala wayeseqedelane labo .Wangena uMakhehlane wahlala lapha esigogweni.

'Sakubona Khehlani ?Usuphinde waphindela kumkhulu wakho ngiyakubona'.Kubingelelela inyanga.'Siyatotoba baba sesiphinde saphindela njalo njengokuvumelana kwethu'.

'Zihamba njani kodwa izinto ,kuyakulungela yini baba?'Ibuze inyanga.

'Okwangaphi mkhulu wami ,iluba selibambile lona kodwa ngibona angathi izinto kazingihambeli kuhle.Ngivuka ngidideniwe kulawa amalanga kungani ngumuntu olele egijima ubusuku bonke.Kuthi izolo ebusuku kasilalanga yizikhova phela zilele zikhala ubusuku bonke madoda'.Kulandisa uMakhehlane.

'Musa ukujaha wena, owayethe kuzahle kulunge khonapha khonapha ngubani,izinto lezi zithatha isikhathi njalo zifuna umuntu abelesineke.Nxa usithi iluba selibambile zindaba ezinhle ke lezo ibambe khonapho.Lamuhla ke ngizakunikeza izihlahla zokugeza ,ezinye ngezokufaka elambazini bese uyahabula kusatshisa kuthi okunye okuzimpande ngokokunatha.Yinyanga le iduduza uMakhehlane lo okhanya engahlalisekanga.Lehla iphika kuMakhehlane esezwe ukuthi lamuhla uzakuhamba lemithi.

'Kodwa ngifuna uqine baba ngoba lo umuthi wokugeza uyababa njalo uyahaqaza,kuzakuthi lapho uqeda kugeza unkosikazi akunwaye ngomsila wenkakha'.Yinyanga le isondeza izihlahla zayo eduze qede ikhuphe yonke imithi eyiqambileyo iqhubele uMakhehlane.

'UPopayi yena simuthini mkhulu wami,phela isikhathi
siyahamba'.Kubuza uMakhehlane.
'Ungethuki wena ngizakupha umuthi wokuthi umfakele
etshwaleni bakhe lumuthi uzamenza ahlanye angikholwa
ukuthi kulomuntu ongafakwa esikhundleni
ehlanya'.Yinyanga le idonsa elinye lamaphepha ikhupha
umuthi lo.Wathaba wabamanzi nte uMakhehlane
wagoqela yonke imithi yakhe wayifaka esambeni
.Basebevumelana ukuthi inhlawulo izaba zimbuzi
ezinhlanu,wadobha intonga yakhe waphuma
uMakhehlane.

Wahamba etshitsha ke uMakhehlane sokumphuzele
lokuthi ayefika ngakwakhe ukuze phela ahle ageze
kusesemini nje.Uthe efika wahle wamemeza
esesangweni ukuthi umaSiwe kaze lamanzi ngemva
kwendlu.Phela lapha abala zambuzi zokugezela bagezela
ngemva kwendlu bayakha okulitende
kwamasaka.Sengitsho loba ufuna ukuhlala phansi akula
ngeyinye indlela kuzamele uqonde egangeni udinge
isixuku uzincede ke lapho.Ngokuphangisa aze lawo
amanzi umaSiwela avele athole uMakhehlane
asekhuphele imithi le phandle.Avule ke lowo muthi
okuthiwa ngowokugeza ,awuvuvuzele emanzini bese
ehlanganisa kuphume igwebu elihle imihlolo angathi
ngumuthi wokuwatsha.Wakhupha izigqoko ke
uMakhehlane wazithela umzimba wonke,loba nje
elunyelwa wangagqizi qhakala.Uthe seqeda kugeza
wayeselunyelwa okweqiniso manje wakhupha ke umsila
wenkakha wathi umaSiwela kamenwaye.Uthe nxa
umaSiwela emenwaya waqala ukuhaqazeka ngamandla

imvimvinya le yaphumela ngaphandle kwangathi ngumuntu obetshaywa yisamboko.Wakhala umaSiwela ebona umkakhe esenhlungwini ,wathatha ingubo wamembathisa ngoba wayethi sesizwa engenwa ngumqando.

Ngale ngemzini kaPopayi kuhlezi umaKhumalo ,uPopayi lendodakazi yabo bayazixoxela nje bequnta amazambane. 'Purity akuthi lothu mntanami uyekukha amanzi ngemfuleni ngale sizogezisa amazambane'.NgumaKhumalo lo kuyimizamo yokuxotsha umntanabo ukuze besale bexoxa udaba lwabo bebobabili lo Popayi.'Kanje ubaba ubethe ulodaba alalo ?'Kubuza umaKhumalo.
'Yebo bengithi kunganjani sibhale phansi abantu esibacabangela ukuthi bafuna ukusibhidlizela phansi besekuthi ntambama ke sithume uSkeke adingisise ngalaba bantu?'
'Licebo elihle lelo baba phela lokhe ebuyileyo lapha ekhaya uskeke kakawenzi umsebenzi wakhe uyinto nje ehleziyo'.Kugcizelela umaKhumalo evumelana lendoda yakhe.Badinga ke iphetshana baqala ukuloba imizi yabantu ababezayithumela undofa wabo ebusuku.Phakathi kwalawo mabizo bekukhona uSkhumba indoda kamaMpofu umapheka utshwala,kubekhona uMakhehlane kanye loMayihlalela lo oyakhe maduze nje lomuzi kaPopayi.
Sebeqedile baqhubane besiya ngesiphaleni ,avule umnyango wesiphala umaSiwela athathe uswazi atshaye umgodla lo olapha.Kwethuke okuskeke kuvuke kukhiphe ikhanda ngaphandle komgodla. 'Sakubona skeke sesikuphambanisa ubuthongo bakho

sisi?NgumaKhumalo lo esabonisa undofa wabo.Khona kwamane kwavuma ngekhanda kutshengisa ukuthi kuphilile.'Zwana sisi wakhe sizabuye sikuvakatshele ntambama kulomsebenzi esifuna usenzele wona angithi uyezwa'.NguPopayi lo esitsho evala umnyango phela yena wayekwesaba lokhu okuyinto.

Lakhwela ilanga laqala ukutshisa enkanda zabantu zabonakala lengwenya zidinga imithunzi ngaphandle komfula uGwanzula okungonhlanzi lokhu kwakhanya kulokhu kuseqa kokuphela lapha emanzini kukhombise kwakutshisa mhlalokho.Umhlambi wenkomo zikaPopayi wahlangana njalo lomhlambi wenkomo zikaMakhehlane khonale ngaseguswini emadlelweni.Phela sekuyinto yansuku zonke lazo inkomo sezijwayeleni kazisahlabani.Uthando lukaMkhululi loThandeka seluqhelile phela into yabo leyi singeyansuku zonke lapha eguswini akusela langa lokudlalisa.Ukuba ngabe inkomo ziyakhuluma lezihlahla zilandise ngabe kuxoxa indaba eyayizazwisa uMakhehlane lo Popayi ubuhlungu obukhulu.
'Ngicela ukubuza Mkhululi .Uyangithanda yini kumbe ngiyinto nje othi nxa ulesizungu usichithele kuyo'.Kubuza uThandeka.
'Lawe uyazi kamhlophe ukuthi mina lawe singamathe lolimi sizakufa silahlane mina lawe .Ungekho wena mina angisinto yalutho .Ngikuthanda ngenhliziyo yami yonke'.Kuphendula uMkhululi ehuquluza amanga aluhlaza njengontshani lobu obudliwa zinkomo lezi ezibakhangeleyo.Kodwa enhliziyweni yakhe kulotshiwe ukuthi mntwana wabantu ngizichithela isikhathi nje lawe mina angikuthandi ngitsho lakancinyane.Wathaba

wabamanzi ke uThandeka esizwa amazwi amnandi lawa aphuma kujaha lakhe waze wawubona lomendo usondela khona maduze.

Uthe eqeda kuvalela mhlalokhu uMkhululi kazange azihluphe ngokubiza uThandeka ukuthi baye ngezitolo,wavele wathatha ibhayisikili likayise wangena indlela.Lamthatha ke ibhayisikili layamlahla duze lomuzi kaMankiwane.Uyazi phela ukuthi ngalezo zikhathi zantambama amantombazana ayabe sesikha amanzi emthonjeni.Wayelenhlanhla yamaswazi phela lumfana kaPopayi,kazange alinde isikhathi eside wabesethutshile u Olwethu ezokukha inkonxa yakhe yokugcina.Wavumbuluka esixukwini uMkhululi wavele wazibika emntwaneni wabantu.Watsho lokuthi yena kasalali kulamalanga ucabanga ngaye.
'Bhudi ngicela uhlukane lami kanti yiluphi ulimi ofuna ngize ngikhulume ngalo. Ngithe mina ngingumntwana wesikolo ngisabambekile ngezifundo zami .Angeke ngagijimisa impala ezimbili ngasikhathi sinye'.Kuphendula uOlwethu ethwala umgqomo .Wacaphuka uMkhululi inhliziyo yakhe yathi akamfake impama waphinda wazibamba ,esesaba ukuthi hlezi inyanga imenzele izigigaba.Wanombela ibhayisikili lakhe uMkhululi walubhekisa ezitolo wathi uzakutshaya ucingo mbayimbayi.

'Ngri ngri ngri ngri',wakhala umakhalekhukhwini kaPurity.'Yebo mngane ?'
'Kunjani Purity kanti lamhla sesibona nya uloveleni esikolo?'.Kubuza u Olwethu.'Ngivuke ngitshaywa

likhanda elinzima tshomi kodwa sengisilile,ngiyabe
ngikhona kusasa.
'Kulungile ngithe ngikubingelele ,lawe ubala kakhulu
asoze wekele ukutshaywa likhanda.Tshomi ngike
ngikutshele kulomfana ongihluphayo phela kulezi
insuku.
'Hayi wena ekuhlupha ngaliphi'.Kubuze uPurity.
'Uthi yena uyangithanda ,ndoda mina angazi ukuthi
ngenzeni phela angeke ngihlanganise izifundo
lezothando'.Kuphendula uOlwethu.
'Usuyaphuma estayileni manje mngane ,akwenziwa
njalo wena dlana umuntu imali sihambe ,owathi
ukuthandana lomuntu kutsho ukuthi seliyathathana
ngubani?Kubuza uPurity ngapha evula amakhasi ogwalo
lwakhe ebala.
'Asazi mngane ngizabona okokwenza'.
'Kasidle imali kanti uthi mina imali engizidla esikolweni
malanga onke ngizithatha ngaphi.Ngizitholela lami
abami abalahlileyo ngibadilize'.NguPurity lo qede
bahleke bonke bobabili bavalelisane.Phela laba bobabili
bangabangane njalo bafunda bonke ,bayathanda
ukutshelana imfihlo zabo isikhathi esinengi.

UPurity wayengumntwana owayethanda isikolo
ngendlela emangalisayo ngakho wayechitha isikhathi
esinengi esekamelweni lakhe ezibalela.UMkhululi yena
wavele waqeda ibanga lesikhombisa wathi
sokwanele.Kwathi lalapho uPopayi ezama ukumubamba
ngamandla ukuthi aqhubeke kwehlula phela kwakhala
ositorobho kwakhala omvubu bethi hlezi umfana angaya
esikolo.Wayephuma kuhle ethi uya esikolo kodwa
ababalisi bekhale ngokuthi uselamaviki engalugxobi

esikolweni.Lokhu kwenza abazali labo badela bathi kungangcono kukhule lokhula.

Kuthe sekumnyamanyana bamthuma ke uskeke ukuthi ayelalelisisa inkulumo zabantu phandle la hlezi ababambe laba ababonwa yisangoma ukuthi bafuna ukubhidliza uPopayi.Bamlayela ke imizi okwakuzamele ayihambe ,kodwa basuke benza iphutha lokuthi bamthume bengamuphanga ukudla.Okundofa kwavele kwakunyayila kuzondile kwahamba emzini owodwa nje kwaphenduka.Kwakungene emzini kaSikhumba kwathola umaMpofu epholisa inhlama ezixoxela lomkakhe.

'Babeqinisile ukuthi ukhuthele sisi suphendukile masinyane kangaka?Tshono ke zithini indaba lapho ovela khona kungabe kukhona okutholileyo?'Kubuza umaKhumalo.

'Abantu abaliloyayo nguSikhumba lomkakhe.Ngibazwile bethi umuthi abawuthole enyangeni unzima kakhulu kungekudala umuzi lo bazawudiliza.Bathi bazakuqala ngokubulala uPopayi kulandele umaKhumalo besebeqobaqoba konke labantwana benu'.Nguskeke lo ekhuluma amanga aluhlaza tshoko.Uthe engakaqedi lokukhuluma wayesetatazela uPopayi esemi ngezinyawo ,umaKhumalo yena angikhulumi wathi lapho esizwa igama lakhe wahle waqanda kwangathi yizidumbu lezi zemotshari.Weqa uPopayi waphakamisa inkoxa yamanzi ngale ngemsamo waqunga umkakhe ngamanzi ,vukiyani umaKhumalo .

'Baba yinto esizayithini yonale'.Abuze umaKhumalo.

'Akusela ngeyinye indle mkami sokuqalwe impi la
,kasingachithi isikhathi kayivele igadle'.NguPopayi lo
etsho ebisela inkonxa ngemsamo.
'Zwana ke lapho wena skekendini ngifuna uSikhumba
lo afe ngendlela ebuhlungu uyangizwa?'.Kwatsho
umaKhumalo eseginqile amakhala lawo kwangathi
ubesemjahweni wokugijima.'Phuma usalindeni ,hamba
uyebulala lumthakathi wezigodo angithi uzenza yena
ohlakaniphileyo'.Kugcizelela ubaba
womuzi.Watshopoka uskeke waphuma.

ISAHLUKO 5

''Maye bantu beselizizwile yini ezakoSkhumba ,kambe umaMpofu yinto azayithini le?''NgumaDube lo engena ko Makhehlane. ''Hawu awukasivukisi lokusivukisa ususijikijela ngemibuzo maDube kwenze njani?''Kubuza umakhehlane esenwaya umhlane wakhe.

''Mina lokhu kungiqeda amathe nyanisi,kuthange lokhu okwedlulileyo besiqhubelana inqayi yotshwala loSkhumba lamhla lokhu uSkhumba sedabule amafu''.

''Hawu kahle wena mfazi ukhuluma ngani kahle kahle ,akuyeke ukukhekheleza uvele utsho udaba oze ngalo.''NgumaSiwela lo engasahlalisekanga.

''Ngithi uSkhumba kasekho usesitshiyile ,ubhubhe izolo ebusuku''.Kugcizelela umaDube.

''Mamthembo lawe uduba ngokuthanda ukusoma ngezikhathi ezingayisizo,uSkhumba lo obeziqinele emalangeni adlulileyo usebhubhile?''

''Kambe ngingasoma ngokufa ngingaka ngingaka Makhehlane sengihlanya kanti.USkhumba kuthiwa uwele eziko izolo ebusuku watsha isisu lesi waqumeka phakathi laphakathi .

''Eeeeii zindaba ezimbi ke lezo ositshela zona,kwenzakala konke lokhu uMaMpofu ube ngaphi?''Kubuza uMakhehlane.

''Nxa betsho bathi umaMpofu ubephandle ephozisa inhlama ,ebesesizwa ngomnuko angathi yinyama esisitsha ngale ngemkulwini ,wasuka ke wayaqaza waficanisana umyeni wakhe isisu sokungumlotha''.

''Hlezi ubeleziyifayifa phela kanengi nengi abantu abawela eziko bayabe begula lumkhuhlane''.NgumaSiwela lo.

''Akula ziyifayifa lapha wena yinto zabantu lezi kanti amehlo akho alobuthuku yini,awuboni ukuthi lumuntu bamtshayise ngemkhoba''.NguMakhehlane lo ekhulumisa okwenyanga.Phela Uskeke wathi efika lapha koSkhumba wabona umaMpofu ephandle wavele wazithela emkulwini.Wasedobha uphini watshaya uSkhumba esiqwini sendlebe ,uthe ewela emlilweni ubesevele eseqanda yikho okwenza wangabangi msindo lapha esesitsha.
''Sibongile maDube ngendaba osilethele zona sesizaqhula lathi siyebamba izandla''.Kubonga umaSiwela.
''Kulungile ake lingichathekele itshukela bantu sengizwile ngekhanda letiye,lizangithola lami ngithe dindilili lami kowami umuzi,kuswelakale loyedwa ozezwa umnuko wami'' .Phela umaDube lo wayezihlalela eyedwa nje lokhu indoda yakhe yamane yanyamalala lapha eThogotho kwangabe kusaziwa ukuthi itshone kuphi.Aphuma ijumo amadoda amqaza indawana yonke bethi hlezi bawudobhe umkhondo wakhe kodwa qha imizamo yabo yaba yize leze.

UMakhehlane lomaSiwela baphumisana ke lomaDube ukuze baye bamba izandla, ngale koPopayi lakho kwaba yiso leso.Kuthe lapho bengena ngendlini okwakuhlezi khona umfelokazi kwabonakala uMayihlalela esukuma ngokuphangisa eqhubela uMakhehlani isihlalo.Abantu bonke lapha endlini kwakhanya benunubala kwangathi zinkukhu ezinethwe lizulu.Inwele zabo zaqala ukusukuma zama mpo bafikelwa yikwesaba okunye okwakungakhanyi ukuthi kuvela ngaphi.Kwesaba kwaze

kwesaba laye umfelokazi imbala.Ingaphakathi
kaMakhehlane yathaba yabamazi te okungamaphaphu
lokhu kwaqhunsa uhleko olwedlula olwamantombaza
asebone amajaha ngale ngesibhoraneni.
''Bantu bakithi sesihlangana ngazo lezi ezibuhlungu
ezingapheliyo''.NguPopayi ebingelela abantu .
''Enyangeni edlulileyo kube nguSobhuku wethu
ebesimthanda kakhulu,kwamthatha sathi
sikubonile.Manje lokhu sisakhuza imihlolo nangu
loSkhumba sokumthethe ,kanti isigaba sethu singenelwe
yini bantu?Mina ngokwami ngethukile ngisizwa lezi
indaba ngivele ngazincweba ngaziphinda ngithi kumbe
ngiyaphupha,phela uSkhumba lo besizwanana kabi
impela.Ubeke angitshayele ucingo ngamanye amalanga
athi Popija ngile qhaga lapha liyangehlula ukuliqeda
woza uzokhipha umuthi.Bengitshela uMakhumalo
ngendleleni sisiza lapha ngithi hlezi uSobhuku wethu
uyatshibilika ngethuneni uthi kungani kungela muntu
owathatha isikhundla sakhe?Hatshi zimbi ke lezi indaba
ziyatshaqisa lapha emibilini kwangathi umoya
kaSkhumba ungalala ngoxolo''.NguPopayi lo qede
ahlale phansi.Kusukume uMakhehlane laye abulise
abantu ngokufanayo.
''Heyi zaze zazimbi ke lezi indaba esihlangane ngazo
lapha zihlobo zami,kambe abantu baphela
okwamagundwane ewela emgqonyweni wamanzi hayi
nyanisi.Bengilalelisisa amazwi kaPopayi lapha ethi hlezi
umuyi uSobhuku uyakhuluma.Mina ngokwami
ngivumelana laye ,ngiphinde ngithi uSobhuku lo
akaqalanga lamuhla ukukhuluma ngesihlalo sakhe
kodwa ukhulume ngaso phela leso sihlalo
esaphila.Ubetsho phela nsukuzonke ethi Makhehlane

mntanami sengikhulile njalo lomzimba lo
awusangivumeli lapha esikhundleni kunganjani
ungiphumuze.Kodwa mina bengikubona kuyinto embi
njalo ezilayo ukuntshintsha uSobhuku esaphila
,ngenqabe kwaze kwaba kathathu.
''Manje ngiyezwa lapha umfowethu uthi akukhethwe
umuntu oza ngenela isikhundla lesi ,mina ngithi yinto
elungileyo asiveleni sivoteni mhla womngcwabo ngoba
abantu bonke bazabe bethe gwaqa lapha emzini
kaSikhumba''.NguMakhehlane lo qede umuntu wonke
osendlini lapha atshaye izandla.

Zahlangana ke izihlobo zalapha ekhaya zavumelana
ukuba umngcwabo uzakuba kusasa okusayo ukwenzela
ukuthi umufi engonakali .Phela lapha eThogotho
kusemakhaya akula mamotshari lapha okugcinwa khona
umuntu endaweni eqandelelayo ukuze engaboli.Uthe
esizwa leli uPopayi inhliziyo yakhe yathi akathume njalo
uskeke ayekhama uMakhehlane kuhle kube yikuphela
kwakhe.Kodwa njalo eyinye inhliziyo yakhe yabuye
yathi abantu bazagcina benanzelela ukuba kukhona
okutshaya amanzi nxa abantu bezakufa
belandelana.UMakhehlane laye ngale wacabanga
ngokunjalo ,inhliziyo yakhe imfuqa ukuba akatshayele
uMjiti ucingo athumele umbane uvele utshise uPopayi
avuke engamalahle.Kodwa laye wazibamba wathembela
ukuthi njoba abantu bemqakezele kangaka izandla
laphana ekhuluma hlezi bamthandile bazakufaka yena
esikhundleni.

Alala engalele ke lawa madoda mhlalokho,waliphehla
iqhaga lenhlanhla uPopayi, wageza ngazo zonke

izihlahla ayeziphiwe .Waze wahabula legwebu elaliphuma lapha emanzini okugeza ethi hlezi kuncede.Ngale koMakhehlane iluba lathelezelwa kanenginengi mhlalokhu ,wageza laye uMakhehlane wenwaya kabuhlungu imvimvinya leyi yapetuka ,kwachinca igazi iqolo lonke leli okwakwenza leyembe ayivunuleyo inamathele emzimbeni.Wabubula uMakhehlane okomfazi ohelelwayo ,wafuthelwa kabuhlungu okwenza uMasiwela alale emi ngezinyawo.Imthambo yonke le esekhanda yaphumela phandle ,yakhanya idikiza kwazise inhlungu ayezizwa zazisesabeka impela.UPopayi yena wavele waziduduza ngokuthi yena uyisikhulu lapha eThogotho,umuntu wonke umkhomba ngophakathi ngakho bazakuvotela yena.

Akhala amaqhude emathathakusa kwasabela omantengwane ngale ngezixukwini kwazise kwasekusile lapha eThogotho.Inkukhu zalapha ekhaya zawuzwa umnuko uqhamuka ngale ngendlini kaMakhehlane kodwa azisakwazanga ukuthi wayethunqiselani ngalesi sikhathi abantu besalele.Ngale koPopayi kwaba yiso leso ,zimbonile inkukhu zakhe emathatha kusa echela iguma lonke ngapha ekhuluma yedwa kodwa azisazwanga ukuthi wayekhuluma esithini.Lamtshiya unina ilanga njengenjayelo labonakala lisenyuka mbijana mbijana okwenza amazolo aphanga akhithika lamayezi aqala ukuchitheka kwatshiselela kamnandi lapha esigabeni,inyeza zezwakala zihlabelela kamnandi ngale ngasemaphaneni.

Kwaqhamuka udwendwe lwabantu enyakatho laseningizimu,kwathutsha lamaxuku abantu entshonalanga lasempumalanga bonke bebhekise amabombo emzini kaSkhumba ukuze bezomvalelisa.Kodwa akusibo bonke abantu ababelande ukuzongcwaba ,abanye babelande ukuthi bazo vota nje kuphela.Lagcwala iguma lika muyi abanye bengena abanye bephuma kungathi zinyosi,phela uSkhumba lo ube ngumuntu wabantu.Wakhala uMampofu okwazwisa ubuhlungu lapho isidumbu siphuma ngendlini,kodwa akakhalanga ukwedlula lelicinathunjana lakhe elalimthanda uyise ukwedlula yonke into lapha emhlabeni.UPopayi wayengomunye walaba ababethwele isidumbu ukukhala kwalaba abafelweyo akuzange kumntinte ngitsho lakancane.Inhliziyo yakhe ngaphakathi yayitshaya ingquzu sokumphuzele ukuthi kuvotwe.Isidumbu saphumela ngendlini ngoba umuyi wayengasonti,loba nje kunjalo umfundisi uPhilip kenqabanga lapho bemcela ukuba azobamba inkonzo yomncwabo.Siphuma nje isidumbu lapha egumeni sikhokhelwe yinceku yeNkosi uthwele impepha uyaphepha eqonde khona esibayeni lapho ababezalalisa umufi ngokuthula.

Wathi esetshumayele isikhatshana umfundisi wasephetha ngamagama athi ''Umbhalo ongcwele uthi kulesikhathi sayo yonke into lapha emhlabeni,kulesikhathi sokulima kulesikhathi sokuvuna,kulesikhathi sokuhleka kube khona esokukhala.Kubekhona njalo isikhathi sokuzalwa lesokuthi umuntu afe.Lokhu ngeke sikubalekele zihlobo zami ngoba umbhalo uthi savele sadalwa ngothuli ngokunjalo uthuli kaluye ethulini,kwangathi uSikhumba angalala ngokuthula.Bachitheka abantu babuyela ngemzini kamufi ukuba bayethola okokudla ngoba phela

kulusiko lwakuleso sigaba ukuba abantu bengamane
bachitheke nje bengatholanga okokudla ngemva
komngcwabo.Zaba lenhlanhla ke izithandatshwala
zalapha ngoba utshwala bukamaMpofu bavele babila
ngelanga lomngcwabo ,bathi nje befika bevela
ukuyangcwaba babonakala sebehluza utshwala
ngamasaka akade behlezi kuwo ngaphambilini
komngcwabo.Obunye babungahluzekanga kuhle kodwa
bamane bakutshaya indiva lokhu banatha bekhafula
insipho abanye beginya kunjalo angathi banatha
amahewu.

Kuthe ngemva kokudla kwathutsha uMayihlalela
ethwele amabhokisi amabili elilodwa libhalwe Popayi
elinye libhalwe Makhehlani.Abantu baphiwa
amaphetshana kwathiwa kabavotele uSobhuku phakathi
kwalamadoda amabili.
''Bantu bakithi sesiside isikhathi kungela Sobhuku lapha
esigabeni sethu ngakho lesi yisikhathi sokuba umuntu
lomuntu avote ngokuhlakanipha ukuze sibe loSobhuku
wamampela.Kangisoze ngichithe isikhathi ngikhuluma
liyazazela lina ukuba phakathi kwala amadoda lithanda
bani kakuqale ukuvota.''NguMayihlalela lo ebeka
amabhokisi phezu kwetafula akade kuyiyo
eyokuphakulela ukudla.Bavota ngokuphangisa abantu
ngoba befuna ukubuyela ngemakhaya abo phela lapha
akula sikhathi sokudlala kuyasetshenzwa,abanye
babetshiye amakhuba ebamelele emasimini abanye
betshiye inkomo zingakavulelwa.Mhlalokho uPopayi
loMakhehlane babevunule angathi baya emncintiswaneni
wokuswenka.UMakhehlane wayeqale wathandela
ilembu ukuze igazi linganamatheli eyembeni,wasegqoka

iyembe elithanga lesudu yakhe yesikotshi kwathi
enyaweni wagqoka isichathulo sakhe esasikhandwe
ngesikhumba senhlathu.Ekhanda lapha wayegqoke
ingowane yakhe emnyama eleribhoni emhlophe
wasethwala induku yakhe le ayibaza esayelusa.UPopayi
yena wayethe ibhulugwe eliyibubende leyembe efanayo
phezulu wagaxa ikawuso ebomvu ,enyaweni lapha
wafaka isichathulo sakhe esimhlophe.

Sebeqedile ukuvota abantu kwaphangiswa ke kwabalwa
amavoti ,abanye abantu bezwakala besithi uMakhehlane
uzakunqoba abanye labo bethi uPopayi nguye
ozanqoba.Impumela sezilungisiwe kwabizwa uMaDube
ukuba azo bizela lezo mpumela.UmaDube esebingelele
abantu wasesithi.
''Impumela zethu zimi kanje,UPopayi uthole amakhulu
amabili.Batshaya izandla abantu abanye imbululu.Kuthe
sekuthulisele waqhubeka uMaDube wathi .
''UMakhehlane yena wasethola amakhulu amabili
lamatshumi amahlanu''.Kuthe abantu besaqakeza
izandla uPopayi waqaleka ,amadoda amthwalela
emthunzini wendlu bamkhipha ikawuso leyembe
bamqunga ngamanzi aqandayo.Ngemva kwesikhatshana
waphaphama wama ngezinyawo wadonsa umaKhumalo
baphuma betshitsha beqonda ngemzini wabo.

ISAHLUKO 6

Kusemini yantambama lapha eThogotho, ngaphansi kwesihlahla kuhlezi uMakhehlane loMasiwela badla amaqanda benathisa ngochago.Lokhu kwakuyindlela yokuthakazelela ubaba walapha ekhaya ukuthi unqobile.Phela ukuba nguSobhuku lapha esigabeni yinto eqakatheke impela,okwakutsho ukuthi uMakhehlane usezacweba okwamagama lapha esigabeni akhonjwe ngawo umunwe waphakathi ,abelesithunzi emadodeni.

''Qoki ngekhaya ''.NguMayihlalela ekhuleka emasangweni alapha koMakhehlani.

''Awu yisikwelede bani esingahle silandwe ilanga lingakatshoni,boMayihlalela lani lithanda imali okwedlulisileyo mani.''Kuphendula uMakhehlane esondeza esinye isihlalo ukuze umuntu wemzini ahlale.

''Kanti Mayihlalela ikhanda lakho ligcwele ibilebile yini?Abantu bethini ke nxa bekubona emzini wami ngalemini yantambama ,awuboni ukuthi kungasolisa abantu lokhu,besengithe angikubhadali yini mina?NguMakhehlane lo engasahlalisekanga.

''Akunjalo baba yikuthi lami ngilenkathazo zami ezingikhangeleyo ngale ngekhaya yikho nje ungibona ngilapha baba''.

''Ake ngithi khona umsebenzi owenzileyo uyancomeka jaha elidala ,Mayihlalela uyindoda emadodeni ngakho kusukela lamuhla mina lawe sizakusebenzelana ndawonye.Ake utsho ke ,kwenzakala njani ukuba ngokuphazima kweso uMakhehlani lo usenguSobhuku weThogotho?''Kubuza uMakhehlane.

''Angithi uwabonile amabhokisi amabili lawana awamavoti ,elakho phela beselivotelwe kudala ukhetho

lungakaqali.''Kuphendula uMayihlalela qede bahleke
bobabili.
''Usile jaha elibanzi ,sithanda ukukubonga ngomsebenzi
lo owenzileyo''.Kubonga uMasiwela.
''Ngikuhlawula malini ke ndoda ukuze phela ungahambi
usunathisa itiye ngodaba lwethu iThogotho yonke
le''.Kubuza uMakhehlane.Phela uMayihlalela lo
wayesaziwa isigaba sonke lesi ,wayethi engafika emzini
womuntu engasuki kungakaphekwa isitshwala,yikho
baze bametha igama lokuthi nguMayihlalela.Betsho
ngoba eyihlalela imbiza ize ikhutshwe eziko.
''Ungangesabeli baba akula ngitsho into
engizayikhuluma ,owami umlomo ngizakuwuvala kuze
kube phakade,inkomo eyodwa ilungile baba''.
''Kuhamba kahle wethu ,inkomo yakho uzayithola iviki
elizayo ukuze abantu bengasoli ukuba uMakhehlane
usenguSobhuku, uMayihlalela wavuka esengumfuyi
wenkomo ngaliphi.Okwakhathesi bamba lapha
.''NguMakhehlane lo efumbathisa uMayihlalela
imali.Wabonga uMayihlalela wasukuma wahamba.
''Baba ngibona angathi umuntu lo uzasihlupha phambili
kuzamele simtholele iqhinga
kusesemasinyane''.NguMasiwela lo.
''Ungesabi nkazana kutshiyele kimi konke lokhu
ngizabona ukuthi ngizokwenza njani''.Kuphendula
uMaKhehlane.

Ayizange imphathe kuhle neze uPopayi lindaba yokuthi
uMakhehlane wayenqobile kukhetho,wagula
okwamalanga ambalwa ngoba phela kwakumhlupha
sengisitsho lasemibilini.Wayeke acabange inkomo
ezaziqhutshwe zasiwa koMankiwane,azibuze aziphinde

phinde ukuthi kanti manje unqotshwe ngaliphi yena
wayephiwe imithi yonke le yinyanga.Kwahlalahlala
kwathi ngokuya kwesikhathi wabhodla ,kodwa
engqondweni kwasala kulento ethi kumele aphindisele
angaze avuma ukunqotshwa ngeyinye
indoda.Waqhubeka ke ngokwakha indlu yakhe efuna
ukutshengisa abantu ukuthi yena akancengi mali
yobuSobhuku ngoba elemali zakhe.Ababekubona lokhu
bavele bathi okunye ngamahloni okuthi unqotshiwe
kukhetho sokuyimizamo nje yokulahlisa.UMakhumalo
yena wavele waduduza umkakhe ngathi akulahlwa
mbeleko ngokufelwa lalawa athi ithunga liyagcwala
ngomphehlo waphinda njalo wathi imitha
ngokuphindwa.

Lwaqhubekela phambili uthando lukaMkhululi
loThandeka lwaze lwabatshazwa zinyoni zeganga
lwatshayelwa ihlombe ngonkawu labondwangu ngale
ngaseguswini,inkomo zona angikhulumi zasezikhathele
ngento yalaba bobabili.Kwahlalahlala isikhathi isisu
sanamathela kuThandeka,wabonakala esengumuntu
osehlala esidla umuhlwa kwamanye amalanga ekhuma
ubhuqu ngokwalo.Wayesesaba ukuba azise uMkhululi
ngalo umthwalo asewuthwele ngoba phela esazi ukuthi
wayezamthuka kumbe aphike embe phansi athi
kasimnikazi wesisu.Kodwa ngelinye ilanga belusile
eguswini waqunga isibindi wathi kungcono amazise.
"Yazi sithandwa sami kulezi insuku kungathi kangizizwa
kuhle ,kulento engiyizwayo esiswini
sami''.NguThandeka lo eqala ingxoxo.
"Uzwani ke siqabhobho sami"?Kubuza uMkhululi
ngokutshiseka okukhulu .

"Ngizama ukukutshela ukuthi ngikhulelwe umthwalo
wakho".
"Ini?Ngiyabona usubhema imbanje sibili,uzithwele
umthwalo kabani"?NguMkhululi lo eyikhulula impama
okwenza uThandeka wabona izitayitayi ilanga libalele.
"Ngaze ungitshaye kodwa iqiniso usulazi ,kanti utshona
ulala lami ubona angathi sisesengabantwana sesikhulile
Mkhululi isisu lesi sithwele igazi lakho."
"Zwana ke lapha wena nkazanandini lawa ongitshela
wona ngamanyala njalo kangifuni kuwezwa futhi
siyezwana".NguMkhululi lo etsho ehamba esiyanqanda
inkomo.Wakhala uThandeka ,yababuhlungu inhliziyo
yakhe wazibuza kanenginengi ukuthi umthwalo lo
uzawuthini eyedwa.

Uthe esendleleni uMkhululi esiyavalela inkomo
wafikelwa liqhinga lokuthi kungcono isisu sikaThandeka
sikhutshwe ngoba yena kazimiselanga ukuba ngubaba
njalo yena kamthandi uThandeka uyamdlalisa ,lokhu
okwasekubehlele liphutha nje.Eseqedile ukuvalela
inkomo waqonda ngakunina.
"Utshona njani Makhumalo omuhle"?NguMkhululi
lo.Unina wavele wazi ukuthi kukhona umntanakhe afuna
ukukucela,phela le yayiyindlela kaMkhululi yokuncenga
unina sikhathi sonke nxa efuna ulutho.
"Ngitshonile mntanami utshone njani wena?
"Lami ngitshone kuhle,mama ngicela imali engafika
amadola angamakhulu amathathu".NguMkhululi lo
ngenkulu inhlonipho.
"Habe!,nanso ingulube inginonela ,ngiyayithatha ngaphi
imali yonke le mina,khona ufuna ukuyithini Mkhululi
imali yonke le".NguMasiwela lo esemangele kakhulu.

"Ungakudingi lokhu mama wena ngipha leyo mali kuphela utshiye ukungibuza imibuzo angathi ulipholisa,ingani mina angizange ngikubuze ukuthi oqwa bakho babedingani endlini kaMfundisi".Uthe esizwa elikamfundisi uMasiwela wavele waqonda ngasekamelweni lakhe wabuya laleyo mali ikwanile wayipha umfanakhe.Wayijwamula uMkhululi waqonda ngale ngasexhibeni lakhe lapho afika waziphosela embhedeni waqala ukubala imali leyo.Wasala ebambe owangaphansi uMakhumalo ngaleso senzo somntanakhe watsho lokuthi akazalanga wabola amathumbu.

Uthe lokhe esabala imali yakhe uMkhululi kwangena umlayezo kumakhalekhukhwini.Wavele watshiya ukubala wabheka lowo mlayezo ,wakhanya ebobotheka kakhulu kukhanya obala ukuthi lumlayezo umqumbaqumbile.Wawungeke watsho ukuthi ngumuntu owayemukele indaba ezimbi kuThandeka ,wantshintsha ngesikhatshana waba nguMkhululi wansukuzonke.Awubale futhi okwesibili umlayezo. "Kunjani Mkhululi ?Ngilucabangisisile udaba lwethu sobabili ngafika kusinqumo sokuthi nxa uqinisile ukuthi uyangithanda lami ngokunjalo ngiyakuthanda ,ube lobusuku obuhle njalo uphuphe ngathi,yimi uOlwethu."Kasathathanga isikhathi uMkhululi wavele wawuphendula laye umlayezo,watsho wathi laye kasalali kulezi insuku ucabanga ngo Olwethu,watsho lokuthi uyabonga kakhulu ukuthi useze wavuma ukuba bathandane njalo yena uzimisele ukuba lijaha eliqotho.

Latshona ilanga ,kwanqunda lasemehlweni abantu,kwamphuzela uMkhululi ukuthi kuse ukuze

athole iqhinga lokuthi ayebona uOlwethu.Kwasa
njengawo wonke amalanga uMkhululi wavuka
engumuntu ogulayo okwamagama,okwenza lonina
wamlethela itiye ngasexhibeni.Kwavele kwabamgceke
ku Popayi ukuthi lamuhla inkomo zazivulelwa nguye.
"Kuzamele ngiye KoMankiwane lamuhla ngiyedinga
umuthi wokugabha lowokuqinisa umzimba ngiyawuzwa
umzimba wami kulezi insuku
uyagendezela".NguMkhululi lo ekhuluma lonina
besexhibeni.
"kulungile mfana wami nxa uzenelisa ukuthi uqhule
uyefika khonale".Kuphendula uMakhumalo.
"Ngizakusebenzisa ibhasikili ,ngizazama ukuqina
njengendoda ngiyefika khona".Zithe seziphumile
inkomo walinombela ibhasikili uMkhululi kwaphela
konke ukugula wavele walubhekisa
koMaNkiwane.Wadlula ngale ngase sontweni kanina
lapha afika wacela eyinye imali kumfundisi ethi ufuna
ukuya eklinika kodwa kalamali.Kuthe lapho umfundisi
esithi laye lamuhla kalamali ngoba kuphakathi
kwenyanga kakaholi,uMkhululi wabe emkhumbuza
ngabo qwa labana ake ababona phandle kwekamelo
likamfundisi.Uthe esizwa leyo ndaba umfundisi wavele
waqonda ekamelweni lakhe ngokuphangisa okukhulu
wabuya lemali wayinikeza uMkhululi.Nanguya umfana
esolobela kuleziya zihlahla eqonda
koMankiwane.Lwasala lumtshaya kakhulu uvalo
umfundisi ,wacina edobha ucingo watshayela
uMakhumalo.
"Usamkhumbula umfana lowana engamupha amanzi
okunatha ngosuku lolwana uze ungivakatshele?"Kubuza
umfundisi.

"Ngiyakhumbula ungitshela ngaye,sokwenze njani".
"Ufikile futhi lamuhla kimi ethi ucela imali yokuya
eKlinika,ngiphange ngamupha ngoba ubesengilandisela
ngendaba yokuthi wakubona endlini yami."
"Uyakuhlolela lumfana,ubetshilo yini ukuthi yena
ungowangaphi?"NguMakhumalo ezibuzisa indlela
ayaziyo.
"Hatshi angisambuzanga lowo mbuzo,esikhathini
esizayo kuzamele siqaphelisise ukuthi akula muntu
osibonayo".
"Uqinisile sithandwa sami ,ngiyaxolisa ngalokhu
okwenzekileyo".Kuphendula uMaKhumalo .

Lagijima ibhasikili laze layamela emasangweni
akoMankiwane,wakhuleka uMkhululi wangena.Phela
wayekwazi kamhlophe ukuthi ngaleso sikhathi uOlwethu
uyabe engekho esesikolo.Wavele wahlangabezwa
nguMathuthuva yena owamthatha wayamngenisa endlini
yesangoma.
"Sakubona jaha".NguMankiwane lo ebingelela
uMkhululi.
"Ngiyaphila mama lingabe linjani lina?"
"Thina asibuzwa ukuthi sinjani".Kuphendula
uMankiwane ekloloda.
"Akutsho ke ngingakusiza ngani mfanekhaya?"Kambe
ngabe usulande ukuzothatha inkomo zakho?" Kubuza
uMankiwane ezibuzisa indlela eqonde nta.
"Hatshi angilandanga nkomo mama,ngilodadewethu uthi
uzithwele ngakho ubengithume ukuthi ngizomdingela
umuthi wokuchitha isisu ngoba kasilababa leso sisu njalo
kazimiselanga ukuba ngumama".NguMkhululi lo

ekhupha umakiti esakeni,ekhuluma amanga aluhlaza
tshoko okwedlula idelele lentanga.
"Bantwana balamuhla selixhwalile ,owalitshela ukuthi
isisu siyakhutshwa ngubani?Umuntu evele emithelani
ekwazi ukuthi kakazimiseli ukuba ngumzali ?Umtshele
udadewenu ukuthi ngithe mina akula sisu esikhutshwayo
lapha ,ngoba lokhu kuzangenza ngikhangeleke
njengomuntu omubi lapha esigabeni siyezwana?"Kubuza
isangoma.UMkhululi wabe ekhupha inkalakatha yemali
,leya ayiphiwe ngunina isibambene laleya ayiphiwe
ngumfundisi.
"Kambe umama engangenzela malini lowo
muthi?"Kubuza uMkhululi.UMankiwane uthe ebona
leyo mali wakhumbula ukuthi uOlwethu kakabhadali
imali yesikolo,wavele wavuma ukuthi uzamupha lowo
muthi.Watsho lokuthi imbhadalo yakhona yimali yonke
leyo umkhululi ayithweleyo ngoba phela ukukhipha isisu
kuyingozi kakhulu kungayithatha impilo
yomuntu,ngalokho kufanele kudule.Bamlungisela ke
lowo muthi uMkhululi waphuma lapha ethabe emanzi
te.Nguye lowaya ethatha indlela eqonda ngesikolweni
ngoba wayekwazi phela ukuthi izikhathi zokuphuma
kwabantwana sezizatshaya,ngakho kuzafanele abonane
lesithandwa sakhe esitsha engakaphindeli ekhaya.

UOlwethu wayengomunye wamantombazana ayezothile lapha esigabeni ,amajaha amanengi emgxozela amathe kodwa kungela into ababengayenza ngoba unina wakhe phela wayengasimuntu wokudlalela.Wayetshona emvalele lapha egumeni ,waze wafaka lomthetho wokuthi akulamuntu ophumayo engatholanga mvumo evela kunina.Ngakho wayephupha kuphela esiya esikolo kumbe esiyakukha amanzi,lakho wayebalelwa imizuzu ethi engadlulisa leyo mizuzu kube licala elikhulu elalithonisiswa ngestorobho.Unina wayeziqhenya ngaye ngoba wayeseze wafika kubanga lesine kuzifundo zaphezulu engakalahli ubuntombi bakhe.Bamangala ke abantu abanengi lapha esigabe bebona uMkhululi eqhubana lo Olwethu .Bavele bathi lumfana ulenhlanhla yamaswazi,asazi kumbe ugeze kuliphi ichibi.Zaxoxa xoxa ke lezi zithandani ezintsha kuthe lapho sebezafika duzane lomuzi kaMankiwane bavalelisana ngokuqabuzana,wathaba wabamanzi uOlwethu ngoba wayeqala ukuqatshulwa selokhe wathetshulwa yingwe.Waligijimisa njalo ibhasikili uMkhululi elubhekise kwabo wafika ke waba ngumuntu ogulayo futhi.

Wakhupha impande ayeziphiwe nguMankiwane esambeni lejazi lakhe ,wazigiga giga ngomgigo waseziphosela esigubhini wathela amanzi wasekhuhluza.Antshintsha amanzi abamnyama tshu kuthe lapho bembuza nguyise ukuthi ngumuthi wani wavele wathi ngumuthi wenyongo ayewuphiwe ngumngane wakhe.Kuthe lapho unina embuza ukuthi

ubedungani endlini kamfundisi wavele waphika wemba
phansi wathi yena akadlulanga khona umfundisi uqamba
amanga.Ngaleyo ntambama kwenzakala isiga
esesabekayo lapha koPopayi.Undofa wabo lo watshinga
wadla amahabula wathi yena usekhulile ngakho sefuna
indoda ngokuphangisa.Kuthe lapho uMaKhumalo esithi
akalinde kube kusasa khona bezamdingela okunye
okwesibili okuyindoda,uskeke wavele wala wathi yena
indoda yakhe kuzamele ibe nguPopayi,ngaphandle
kwalokhu uzakuhamba etshela abantu bonke lapha
esigabeni ukuthi wathunywa ukuyabulala uSikhumba.

"Uzakulala lami lamuhla kusukela lamuhla nguwe
osuyindoda yami siyezwana?"kutsho undofa.Waqhuqha
uPopayi ,lwamtshaya uvalo waze watheneka amadolo
lawa amathe aphela du lapha emlonyeni.
"Baba akusele ngeyinye indlela sokuzamele ugcwalise
izifiso zika skeke".NguMaKhumalo lo evumelana
londofa wakhe.
"Usuyahlanya yini wena Makhumalo uyazizwa nje
ukuthi ukhuluma uthini".
"Yikuphi okungcono ke baba ufuna isigaba sonke lesi
sazi ukuthi yithi esabulala uSkhumba?"Kubuza
uMakhumalo.
"Hatshi lokhu ngeke ngikwenze mina ,ngifunga ubaba
uMawala owafela empini yenkululeko".Kuphendula
uPopayi engavumelani layo neze leyonto.
"Zwana ke lapha baba uPopayi lamuhla uzalala lami
lapha esiphaleni ,angikuceli ngiyakutshela kumbe
usufuna lawe ngikubulale njengoSkhumba?"Uthe esizwa
elokubulawa leli uPopayi wavele weqela esiphaleni

waba yindoda kandofa ngalobu busuku waze waphuma emathatha
Kusa.

Kwaba lusizi olukhulu ke ngoba undofa lo wayevele laye ezigulela umkhuhlane wengculazi,okwakutsho phela ukuthi laye uPopayi wayesezinindele ngegcikwane lalo umkhuhlane.
Uskeke lo wayengumuntu ngaphambi kokuba aguqulwe abengundofa,ngakho waguqulwa esevele esegula lumkhuhlane.Akekho ngitsho umuntu oyedwa owayekwazi lokhu sengisitsho laye uskeke uqobo lwakhe.Kwana izulu elikhu ngaleyo kuseni kwangathi kumbe lihlose ukwesula yonke into embi eyayenzakale ngobusuku obedluleyo lakwamanye lawa malanga adlulayo.Kodwa cha akula ngitsho ububi obodwa abesulwayo,lenelisa kuphela ukuba likhukhule ingcekeza layayilahlela kumfula uGwanzula.Ukuloyana,ubuthakathi,ubufebe ,amanga,ukuqilana kanye lengculazi le eyayisinamathele uPopayi kwasala kulokhe kugxile ngempande lapha eThogotho.
Wazivulela uMkhululi inkomo zaqonda emadlelweni ,kuthe lapho uyise ezama ukumyalela ethi kaphumule njoba egula,uMkhululi wavele wala wathi uzahamba lesigubhu sakhe ebe enatha lokhu kuzamenza alulame ngokuphangisa.Konke lokhu kwakungamanga aluhlaza ,kwakungamaqhinga nje okuyanathisa uThandeka umuthi wokuchitha isisu.Njengenjayelo uMkhululi loThandeka bahlangana khonale emadlelweni .
"Izolo sesibona nya ?"Kubuza uThandeka.

"Bengingezwa kuhle ngiphethwe yinyongo awuboni
ngithwele umuthi wakhona lapha lokhe ngizinathela
mbijana mbijana".NguMkhululi lo efaka umlomo
esigujini esenza angathi uyanatha.
"Akulethe lapha lami ngike nginathe hlezi
ngingayiphungula lami eyami inyongo sokulesikhathi
nginganathi izihlahla".Kuphendula uThandeka edumela
isigubhu ezandleni zikaMkhululi.
"Kanti lawe uyanatha izihlahla bengithi kumbe uyilaba
asebephila ngamaphilisi abathi bona abanathi izihlahla
zesintu".
"Ngiyanatha mina umuthi wesintu".Kuphendula
uThandeka echabula.
"Natha futhi ,uthi ingaphuma inyongo wena ufake
umlomo kanye?"Kubuza uMkhululi.
"Hayi kuyababa lokhu okungumuthi
madoda".NguThandeka lo etshwabhanisa ubuso kwazise
lumuthi wawubaba hayi mbijana.

Lumuthi wawulamandla amangalisayo ,akuthathanga
sikhathi eside uThandeka wayesedakiwe.Watatarika
kabili kathathu wayakuthi tshoko lapha etshanini isisu
lesi saqala ukutshila okumangalisayo ,sabophana
sawoma sathi nko.Wabhinqika okwetshongololo eliwele
eziko,wagomela okwenkomo ehlinzwayo.Waqala ke
ukopha igazi ngaphansi lagcwala indawana yonke le
kwenyanyeka.Kwenzakala konke lokhu uMkhululi
utshaya umbululu ,kwangathi kumhlazana umvundla
epheka unteletsha,ingaphakathi yakhe yayisithi tshana
nyamazana yami.Wagiqika futhi uThandeka wasethula
zwi kwazise wayeseqalekile,wathithibala uMkhululi
wabamba lapha lalapha,lwamtshaya uvalo ngoba esazi

ukuthi kuzathwa nguye ombuleleyo.Kuthe sekunjalo
latheleka futhi leliya izulu elalike lana futhi ekuseni,lana
okumangalisayo lesula lonke igazi elaligcwele phansi
lapha.Lageleza liqonde ezihotsheni lezindongeni zalapha
eThogotho elinye layangena emithonjeni lapha
okukhiwa khona amanzi okunatha.Yonke leya
mitshudutshudu eyayidinde ebhuqwini yacitsheka ngoba
phela laliqothula katshi ukufanisela.

Lithe selimile ukuna ,waphaphama uThandeka wavuka
wama ngezinyawo kazange abakwazi ukuthi
kwenzakaleni phambi kokuba izulu line kodwa
wayekhala ngesisu ethi sibuhlungu.UMkhululi wamane
wamkhumbuza ukuthi wayenathe umuthi wenyongo
yikho nje isisu sibuhlungu.Savuleka
isibhakabhaka,kwaqala ukutshisa kwangathi akulanto
eke yenzakala ,zaqala ukuhlabelela kamnandi inyeza
ngale ngasemaphaneni kwangathi zihoza uThandeka
ngobuphukuphuku ayeyibo bona.Mhlalokho uMkhululi
wathi esiyavalela inkomo wahamba etshaya
imvokloklo,kwezinye indawo ake ame atshaye ingquzu
ethabele ukuthi umuthi KaMankiwane usebenzile isisu
sikaThandeka sichithekile.UThandeka yena kuye
akuzange kuthi thiki ukuthi isisu sichithekile ngoba
phela wayezithwele amaphahla,ngakho wayelokhu
esizwa esiswini sakhe ukuthi kulolutho.Ngakho isisu
esasichithekile liphahla elilodwa umuthi
awusafinyelelanga kwelinye iphahla.

ISAHLUKO 8

Zaphola izilonda zikaMakhehlane wasala emabalabala umzimba wonke angathi yinkomo elubhidi.Wayethi mhlazana kutshisa ake akhuphe iyembe asale enqunu phezulu,wawuthi lapho uwabona lawa mabala ufikelwe yikwesaba okukhulu ngoba kwakungathi ngumuntu owatshiswa ngamafutha okupheka.Lakhula iluba labo laba yisithingithingi esihle esiluhlaza tshoko,lokhu phela uchago lwaselwandile lapha ekhaya ngoba kwasekusengwa inkomo ezimbili.Uthe lapho ebona indlu kaPopayi isiphelile njalo yafulelwa ngamazenge ,uMakhehlane laye wakha eyakhe ephosa ifanane lekaPopayi.Phela wayengafuni ukuthi uPopayi abe lento yena angelayo.

Saqala ukukhanya isisu sikaThandeka ,phela okulempondo okufihleki emgodleni.Waqala lokuzimuka imbala le kwangathi yimigigo,iqolo leli lababanzi kwangathi ngumbheda weNkosi,izinqe lezi zaphumela ngaphandle kwangathi zibalekela imilenze kwasekusithi isifuba lesi sakhukhumala nxa wake wabona ingalukhuni.
"Thandeka mntanami akusondele lapha".NguMasiwela lo ebiza umntanakhe.
"Yini le engiyibona kuwe lapha ,usumithi?".NguMasiwela lo etsho ebambabamba isisu sikaThandeka.
"Ngizithwala isisu somoya ongcwele yini mama ,akula sisu lapha yikuzimuka lokhu kambe umuntu enatha uchago esidla amazambane lawa agcwele kangaka

ngingekela ukuzimuka".Kuphendula uThandeka
sezimphethe inhloni.
"Hayi kulungile mntanami nxa usitsho njalo phela
bengithi ngibuze nje ngengomama".Kwaphendula unina
enganake lutho.

Ngale ngaKoPopayi undofa wayesengunyanewabo
kaMakhumalo,nguye owayesetshaya umthetho angathi
ngumfazi omdala.Kwathi ngokuya kwesikhathi waqala
ukuyala ukulala esiphaleni wathi yena sefuna laye
ukuhlala endlini le eqeda kwakhiwa.Kwakubaqila
ngokuthi bengavele bazame ukwenza amaqhinga
okukubulala labo bahle bazilungiselele ukufa.Ngakho
uPopayi loMasiwela abazange bake balinge bacabange
ukukubulala.Kwenza izicelo ezinengi kwaze kwathi
khona akusafuni kudla ubulongwe futhi kodwa
sokuzaphila ngochago impilo yakho yonke.Leyo ndaba
yamhlupha kakhulu uPopayi ngoba phela bona bengelalo
uchago olunengi lapha ekhaya.Kwavele kwathi khona
kuzazidingela uchago, akuncengi chago lwalapha ekhaya
oluyingcosana.Ngakho mihla yonke ebusuku undofa lo
ube ngena ngemizi ngemizi ehamba exhapha uchago
ezindlini zabantu,kuthi lalabo omama abamunyisayo
bephuphe angathi bamunyisa abantwababo kanti yikho
okuskeke kuyazitika.

Wahlupha kakhulu lapha esigabeni lundofa abantu
babhaxabula abantwababo kwathwa yibo abanatha
uchago,uMakhehlane waxabana loThandeka ngoba ethi
uzimuka nje ngoba evuka ebusuku enatha lonke
uchago.Kwaxhwala okwedlulisileyo kwaze kwacina
kulandelela amadoda lawa angomazakhela.Kwangena

ngelinye ilanga emzini kaMayihlalela ,phela ngomunye
wamadoda ayengathathanga lapha
esigabeni.Kwambambabamba indawana yonke le waze
waphupha angathi ulele lomfazi kanti qha ulele
loSkekendini.UPopayi yena kasikhulumi wayeseze
ekwazi ukuthi lamhlanje lizopha likaMaKhumalo kumbe
lizopha likaskeke.

Kuthe lapho uOlwethu etshela uPurity ukuthi useze
waliqoma leliyana jaha,wathaba waba manzi uPurity
ngoba phela esazi ukuthi sebezathola imali yokuthenga
amaputi lamafrozeni lapha esikolo.
"Akutsho ke mngane kwenzakala nini ke konke
lokhu".Kubuza uPurity ngelinye ilanga bephuma
esikolo.
"Akengithi sokulesikhatshana nje
sithandana".Kuphendule uOlwethu.
"Hooo sokungu gemu mafihlelana manje?Yini ndaba
ungangitshelanga isikhathi sonke lesi"Kubuze njalo
uPurity.
"Ngitsho mngane ngingakufihlela kanjani ,yikuthi
ekuqaliseni bengingela siqiniseko sokuthi uyangithanda
kodwa manje ngilaso".
"Kuhle ke nxa usitsho njalo,legama lakhe
kasitshelwanga lina shuwa".NguPurity lo ezihawulisa.
"Aaaah mngane ngalibala ukukutshela ,yikuthi lawe
awuzange ubuze tshomi.Kuthwa nguThemba,umfana
wakhona kukhanya ulemali tshomi ngoba ibhasikili
ahamba ngalo liyadula wena.Phela uMkhululi
wayeqambe amanga wathi yena unguThemba ,le yinto
ayeyenza kumankazana akhe wonke wayengabatsheli
igama leqiniso.

"Nxa ele mali ndoda kayidliwe kanti wena usalindeni".NguPurity lo eyenga uOlwethu.
"Akungiyekele mina wena ubona angathi kulemali yomfana edliwa mahala".Kuphendula uOlwethu etshengisa ukwesaba.
"Kanti wena ubufuna ukuyidla mahala ngaliphi,ususemathandweni manje wena muphe akufunayo uzabona ukuthi imali sizayidla njani lapha esikolo".
"Hayi phela mina ngiseseyintombi ,angeke ngihambe ngivula inyawo zami yonke indawo ngenxa yemali yamaputi kuzamele ngiqale ngitshade bese ngiyalala ke lendoda".
"Hahahahahaha waze wangihlekisa ke mngane ,ungitshela ukuthi usuze wafika kubanga lesine ezifundweni zaphezulu uyintombi,hayi uyasalela tshomi".NguPurity lo ezenza yena omangalayo.Baxoxisana baze behlukana lapha indlela ezimbhaxa mbili uPurity wathatha leyo eqonda ngibo koPopayi loOlwethu walandela leyi eqonda ngakwabo koMankiwane.

Uthe esendleni uOlwethu wahamba egiga ingqondo ngombono kaPurity,wazisola kakhulu ukuthi seze efike kusibanga sesine ezifundweni zaphezulu engakalahli ubuntombi bakhe.Lokhu kwamkhathaza kakhulu ngoba ezibona eyindlubu ewele ephokweni lapha esigabeni.Wakhupha umakhalekhukhwini wakhe,wandinga inombolo ebhalwe Themba ,uthe eseyitholile wasetshaya ucingo.Waludobha ngokuphangisa uMkhululi ngoba ebona ukuthi luvela kusithandwa sakhe esitsha.Baxoxa okwesikhathi

esidekwakhanya uMkhululi ebobotheka kakhulu kwazise
indaba ayezitshelwa yintombi yakhe
zazimqumbaqumba.Waphetha ke uMkhululi ngokwazisa
uOlwethu ngokuthi ngobusuku obedluleyo wayephuphe
belele bonke.Wayengazi ke uMkhululi ukuthi yonke
indoda ephupha ilele lentombazana yayo lapha esigabeni
iyabe ilele londofa okuthiwa nguSkeke bese ivuka layo
isilegcikwane lengculaza.

Kwathi ngaleyo ntambama eqeda kuvalela inkomo
uMkhululi walibasela ibhasikili liqonde
ngoOlwethu.Phela wayekwazi ukuthi sokuyizikhathi
zakhe zokukha amanzi lapha emthonjeni.Akalindanga
isikhathi eside wabesethutshile uOlwethu,ngokuthanda
izinto langokuvuma eyengwa nguPurity uOlwethu
wavuma bemdonsela esixukwini nguMkhululi.Balala
bonke ke lapha ngokuphangisa ngoba esazi ukuthi unina
ngale ngekhaya ubala imizuzu.Sagcwaliseka khonapha
esixukwini isaga sesindebeleni esithi zidla
belindile.Wathaba wabamanzi uOlwethu waze
watshayela uPurity ucingo emazisa ngokuthi selahle
ubuntombi bakhe.Kodwa wayengakwazi ukuthi umuntu
ayelele laye wayelegcikwane lengculazi engakwazi njalo
ukuthi wayesemithi.Kusukela ngalelo langa yadliwa
imali KaMkhululi,uPurity loOlwethu babonakala
malanga onke besidla ezimnandi lapha esikolo abanye
abantwana bewomise imilomo.Phela uMkhululi
wayeseyicela kokuphela imali kunina esenzela
ukujabulisa intombi yakhe leyo entsha.

UMakhumalo wayevele alahlise ngokuthi lamuhla
kulomhlangano esontweni ,eqamba amanga esenzela

ukuyabona umfundisi.Lokhu wayekwenzela ukuthi
athole imali yokuvala uMkhululi umlomo ukuze
angatsheli uyise ukuthi unina ulala lomfundisi.Yaqhela
le into yabo bobabili lomfundisi kwaze kwasola
abomama bebandla.Kwathi lapho bebuzwa umfundisi
wavele wathi uMakhumalo lo uyabe ezothanyela indlu
akula okunye okwenzakalayo.Ibandla lakukholwa ke
lokhu uMakhumalo wazakala njengesisebenzi
sikamfundisi.Lokhu kwapha uMakhumalo igunya
elikhulu ngoba wayesetshona khona phela esontweni
engaselaso isikhathi semuli yakhe lapha
ekhaya.Kwamcaphula kakhulu lokhu uPopayi ngoba
uMakhumalo sikhathi sonke wayesehlala engodiniweyo
engasafuni kulala lomkakhe.Watshinga uPopayi kodwa
ukutshinga kwakhe kwaba ngokwesikhatshana ngoba
uMakhumalo wabuyela futhi kuMankiwane lapho afika
wacela khona umuthi wokuthulisa uPopayi.Wafakwa ke
lowo muthi ekudleni kukaPopayi,waqala ukugoqa umsila
uPopayi.Waqala ukuba ngukhwezelangapho ngoba
esetshona ehlezi nje endlini kuthi nxa ephandle ebe
elandelana lomthunzi wezihlahla lapho
egumeni.Kwamanye amalanga yayifika imota
kamfundisi lapha egumeni bazivalele loMakhumalo
kodwa uPopayi engaboni ukuthi
kwenzakalani.Babezwakala ngohleko lapha emoteni
uPopayi acabange ukuthi kuxoxwa ngezebhayibhili
ngoba kwezinye indawo uMakhumalo wayevumela
phezulu ngokuthi *ameni* esenzela ukuthi uPopayi abone
angathi babala ibhayibhili.

UPurity yena waqina ngesikolo sakhe phela
kwakungumnyaka wabo wokucina esikolo belo

Olwethu.Ngakho yena wayengela sikhathi sezinto
ezinengi lapha ekhaya,wayethi engavela esikolo akhe
amanzi ,agezise imiganu engcolileyo ebesesiya zivalela
ekamelweni lakhe aqalise ukubala.Wayengumntwana
olungileyo kodwa wayesuke aphambanise abanye
abantwana esikolo ngokubenza badlale bekhohlwe
ngokubala esenzela ukuthi ababhuqe ezifundweni.Phela
sikhathi sonke wayehlala ekhokhela eklasini yabo
ethatha inombolo yakuqala.UOlwethu yena ngokuthanda
izinto wavele wabona impilo yakhe isiphelele
eloMkhululi.Wazama ukuba ahlanganise izifundo
lothando,wakhohlwa ukuba akuqili laxotshanisa impala
ezimbili lazibamba ngasikhathi sinye.

Yamzimela impilo uMampofu ngemva kokulahlekelwa
yindoda yakhe,abantwabakhe baxotshwa esikolweni
ngoba kungela mali yokubhadala.Wekela lokuthengisa
utshwala ngoba engasela mali yokuthenga amabele
okuphekisa.Lokhu kwamenza waqonda ngesontweni
ukuyacela ukuncediswa ngu*Father Philip*.Umfundisi
njenge nceku kaNkulunkulu wavuma ukuthi
uzabhadalela abantwana isikolo baze baqede.Wathaba
wabamanzi uMampofu wabonga kanengi nengi ngomusa
ayewutshengiswe ngumfundisi.Umfundisi wavuma njalo
ukuba uzabe ebapha ukudla sikhathi sonke inyanga
ingaphela.Lokhu kwenza uMampofu lemuli yakhe
babhabhathizwa baqala ukukhonza
uNkulunkulu.Kungekudala uMaMpofu wayesehlabelela
laye laboMakhumalo lapha ebandleni bamangala abantu
abanengi lapha esigabeni ukuthi umama obethengisa
utshwala useyingxenye yebandla.Kodwa umfundisi
esizwa lokhu wavele wabatshumayeza ngokuthi uKristu

kalandanga abalungileyo kodwa walanda izoni ukuze
ziphenduke.
ISAHLUKO 9

Zagijima izinsuku zazala amaviki ,lawo amaviki
asibathela ngesiqubu esikhulu kwabelethwa izinyanga
kwasalela uThandeka laye ukuthi abelethe.Kwathi
ngelinye ilanga uThandeka esikha amanzi esibhoraneni
kwathutsha uMaDube laye ezokukha
awakhe.Wampompa isibhorane uThandeka okwenza
ukuthi lapho ekhwela laso esiyaphezulu isigqoko laso
siphakame sikhanyise isisu.Wakhuza imihlolo uMaDube
lapho ebona inkalakatha yebhanti libophe isisu
sikaThandeka.
"Weee mntakaMasiwela uzimukile nje ufihle okukhulu
,manje owathi isisu siyabotshwa ngubani?Umntwana
yena aphefumule athini lapho esiswini ebandezelwe
libhanti lonke lelo.Yikho lizala abantwana
abagogekileyo lina bantwana balamuhla alisela
makhanda.Wasifihla leso sisu kangaka kanti
asilababa?"Kubuza uMaDube ngokumangala
okukhulu.UThandeka kazange aphendule wamane
wathula nguye lowo ezethesa umgqomo wamanzi esuka
ehamba.
Akuhlalanga sikhathi eside uThandeka efike
ngakwabo,wabe esethelekile uMaDube.Wabuya ehuba
okwamanzi kamfula uTshangane ethwele
izikhukhula.Nguye lowo eqonda emkhulwini lapho
okwakuhlezi khona uMasiwela loMakhehlane.
"Wahaluzela kangako MaDube kuhle?"Kubuza
uMakhehlane.

"Selimfihle ngaphi uThandeka wenu lowu ,yini elamfundisa ukuthi abobopha isisu ngebhanti?"Kuphendula uMaDube ephefumulela phezulu.

"MaDube ngakutshela kudala ukuba nxa ulendaba oze lazo lapha musa ukubhoda uvele utsho oze ngakho njalo yehlisa amaphaphu kusemzini wami lapha?"Waphendula uMakhehlane esecaphukile.

"Ngithi uThandeka akaphume lapho acatshe khona atsho ukuthi isisu ngesikabani".

"Ukhuluma ngani wena MaDube ,yena okuphe igunya lokuthi uzotshaya umthetho kwami ngubani?"Yaqagwa nguMaSiwela laye esechatshulwe yindlela uMaDube akhuluma ngayo.

"Thandeka ,Thandeka"Kwamemeza uMakhehlane".Wathula zwi uThandeka kwangathi akezwa ukuthi uyabizwa.Lokhu kwenza unina loyise baya ngase kamelweni lakhe ukuthi bayebona ukuthi kwenzakalani.Bathe bengena ekamelweni lakhe bamthola ehlezi embhedeni ebihla.Phela wayesezwile kudala ukuthi uMaDube uselibhobozile ithumba.

"Thandeka mntanami ukhalelani?"Kwabuza uMasiwela ngesikhulu isihelo.

"Mama sengile nyanga eziyisikhombisa ngizithwele,bengisesaba ukulitshela isikhathi sonke lesi".NguThandeka etsho empompoza inyembezi.Uthe esizwa lamazwi uMasiwela wavele waqanda watshelwa ngamathe emlonyeni.UMakhehlane yena kwathi akalande imvubu ngale ngase ndlini enkulu avele abhaxabule uThandeka kodwa wabuya wazikhuza ngoba ethi akusoze kuncede ngalutho .

"Ungiyangisile Thandeka ngikuthembe kangaka mntanami ,uyenza kanjani into elihlazo kangaka phakathi kwalo umdeni?SenginguSobhuku walapha manje angeke ngivume amanyala anje esenzeka emehlweni ami lamuhla lokhu uyaphuma emzini wami susiyahlala lejaha lakho hanti sukhulile?NguMakhehlane lo esethukuthele.
"Baba ngiyaxolisa kwaba liphutha nje ngangingazimiselanga ukuzithwala".
"Akulanto ozangitshela yona lungisa imitshaqana yakho sihambe khona manje uyesitshengisa lowo mfana oxhwale kangako".NguMakhehlane lo etsho ephuma endlini.Kwathi lapho uMasiwela ezama ukuba akhulumele uThandeka kuyise uMakhehlane wavele wephulela ingodo endlebeni waba yisacuthe.UMaDube wayelande ukuzocela itshukela kodwa akasalinganga wayithi vu eyetshukela ngoba isimo salapha ekhaya sasesisibi,wavele waphuma waqonda kwakhe elengise izandla.

Wadonswa ke uThandeka njengembuzi isiyahlinzwa ngekhisimusi bayilandela indlela le eyabathatha yaze yabatshiya emasangweni akoPopayi.NjengoSobhuku walapha uMakhehlane wavele waqunga isibindi wangena engakhulekanga.Kuthe lapho uMkhululi ebabona bengena ngakwabo wavele wamangala ukuthi sokwenze njani phela yena wayekwazi isisu sikaThandeka sichithekile.Wazibuza imibuzo eminengi ngesikhathi esincane ,yonke imibuzo yaswela impendulo.Lwamtshaya uvalo waqanda amadolo lawa lwaphosa lwamsakazela phansi.Bangena ke emkulwini bathola kuhlezi uPopayi loMakhumalo benatha itiye.

"Laze lahamba kuhle bantu beNkosi lisithola sinatha itiye".NguMakhumalo lo esemukela abantu bemzini.
"Sihamba kuhle okwangaphi sikhangeleka njengabantu abalande itiye lakho nxa usikhangele".Kwatshinga uMasiwela.
"Ngiyakuphaphatha khathesi Masiwela ungabongimbuluzela mina ngikukhulumisa ngesihle".Kwatsho uMakhumalo laye esezondile.Kuthe lapho uMasiwela ezama ukuba adumele uMakhumalo wavele walamula uMakhehlane lokhu uPopayi kwasekuyinto nje etshona ihlezi ivule amehlo.
"Kasilandanga kuzokulwa lapha Makhumalo silande ukuzotshiya umthwalo wenu lowu".NguMakhehlane lowu esethula udaba abaze ngalo lapha.
"Umthwalo kabani?"kwabuza uPopayi.
"Ungabuzi mina buza untombazana ukuthi silethe umthwalo kabani".Kwaphendula uMakhehlane.Babuza ke yena umazithwala watsho ukuba sebelesikhathi eside bethandana loMkhululi watsho lokuthi umthwalo awuthweleyo ngowakhe.Wabizwa laye uMkhululi wangena endlini wahlala phansi.
"Mkhululi uyayazi na lintombazana?"Kwabuza uPopayi.
"Yebo baba ngiyamazi".Uthe eqeda kuthi uyamazi wasukuma uMakhehlane lomkakhe baphuma bahamba.Basala bebambe imilomo yangaphansi abantu bonke lapha emkulwini.Zathathwa impahla zikaThandeka zasiwa endlini kaMkhululi.Wahlala lapho uThandeka kwaba yilo ikhaya lakhe elitsha,kwaba ngumfazi lendoda loMkhululi.Mhlalokho balala bengakhulumisananga uThandeka loMkhululi baze bakhulumisana ekuseni uThandeka esedonsele uMkhululi ingubo.

Ngale uOlwethu laye waqala ukuhlanza kokuphela kwaze kwasolisa uMathuthuva ngoba ethi uOlwethu uzithwele kodwa waphika wemba phansi wathi yena akazithwalanga.Waqala ukulova lase sikolo waba ngumuntu osehlala ephethwe likhanda lokhu kwakhathaza kakhulu ababalisi bakhe ngoba inyanga yokuthi babhale imihloliso yokucina yayisisondele.Wathi lapho uOlwethu eselesiqiniseko sokuthi uzithwele waqala ukunanzelela ukuba uPurity wayemtshelela eceleni lokhu kwamenza wangabe esamfonela mfuthi.Yonke leya imali eyayidliwa esikolo yaphela ngoba uMkhululi lo Olwethu babengasazwani,phela uMkhululi wayeseyindoda yomuntu.Baqala ukuhlekwa ngabanye abafundi ngoba basebeswela ngitsho eyokuthenga isiwiji sesigodo.

Waqala ukukhwehlela uPopayi waba ngumuntu osehlala ekhala ngekhanda,ekuqaleni kwathiwa luphepha luzaphela.Kwathi lapha lokhu kugula kuqhubekela phambili uMakhumalo wathi kungcono baye kusangoma.Bahamba ke koMankiwane lapho abafika baphiwa izihlahla ezitshiyeneyo ngoba phela kusangoma kwafika kwaba ngamaloyo.Kwathwa kulabantu abamthakathayo uPopayi ngakho kuzamele achele umuzi wonke ,agabhe ngezinye izihlahla akhuphe zonke izidliso kwathi emininye imithi yaba ngeyokunatha.Kodwa konke lokhu sebekwenzile umkhuhlane wathi liyadlala lina angiyindawo.Waqhubekela phambili umkhuhlane kaPopayi kwaze kwathi ngelinye ilanga uPurity wathi kungcono bamuse eklinika bathole usizo

lwamadokotela.Wala wemba phansi uPopayi wathi yena
selokhe wathetshulwa yingwe akaze alugxobe eklinika
watsho lokuthi yena wabelethelwa emasimini ngakho
ukuthi iklinika ikhangele ngaphi akakwazi.Kwathutsha
uMadube ngelinye ilanga ezocela amahlamvu etiye
wamangala ebona uPopayi ephathekile wavele wathi
kakubotshwe inqola kuyiwe eklinika.Wazama njalo
ukuthi ayale uPopayi kodwa uMakhumalo loMaDube
bambamba ngamandla bamusa eklinika.Sebefikile
eklinika udokotela wathi akasoke emelaphe engakahloli
igazi lakhe ukuthi limi njani.Lamunywa ke igazi
likaPopayi ngejekiseni lafakwa emitshineni ukuze
lihlolwe ukuthi lilemikhuhlane yini.Kuthe ngemva
kwemizuzwana ethile udokotela waphuma ehofisini
yakhe wacela ukuthi uMaKhumalo angene
loPopayi.Bamlandela ehofisini lakhe bafika bahlala
phansi.
"Ubaba uselesikhathi esinganani ephathekile".Kwabuza
uDokotela
"Le yiviki yesithathu nxa
ngingaphambanisi".Kwaphendula uMakhumalo
engahlalisekanga.
"Imitshina yethu lapha isitshengisa ukuba igazi likababa
lilegcikwane lengculazi".
"Yini ke leyo ngculazi ositshela ngayo dokotela ngoba
thina asifundanga phela".Kwaphendula uMakhehlane.
"Igcikwane le ngculazi lithelelwana ngocansi,okutsho
ukuthi ungalala lomuntu olegcikwane lelo ungagqokanga
ijazi likababa lawe uyalithola lelo
gcikwane".Kwaphendula udokotela qede wakhuluma
kabanzi ngalo umkhuhlane watsho lokuthi awelapheki

kodwa abangakwenza yikupha isigulane amaphilisi
ayenza ukuba isigulane singezelele impilo kuphela.
"Bengicela ukuthi njoba nje kungumuntu lomkakhe
bekungabangcono ukuthi lawe mama nxa ufuna
sikuhlole elakho igazi".Kwatsho udokotela.
"Hayi kulungile mntanami ungahlola kodwa uyabe
uzichithela nje isikhathi sakho phela uyazibonela lawe
ngiziqinele".Kwaphendula uMakhumalo
egabaza.Lathathwa elakhe igazi njalo lafakwa kuleya
mitshina ,wathatha usiba lwakhe udokotela
wabhalabhala ngalo ephetshaneni .
"Umtshina usitshengisa ukuthi lawe mama usulalo lelo
gcikwane ngakho ngizokunikeza lawe amaphilisi ozabe
uwanatha".Aluzange lubatshaye uvalo ngitsho
lakancinyane ngoba babevele bengakholelwa ezintweni
zabodokotela bavele bathi ngamanga
aluhlaza.Kwenzakala konke lokhu uMaDube ulunguze
emkenkeni wesivalo ubona konke njalo uyezwa
okukhulunywayo.Waphelelwa ngamathe emlonyeni
ngoba yena wayeseke wezwa ngawo lowo mkhuhlane
.UPopayi waphiwa ke lamanye amaphilisi okupholisa
ikhanda lokukhwehlela baphuma ke babuyela
ekhaya.Bathe sebechapha umfula uGwanzula uPopayi
wajikela amaphilisi wonke emanzini wathi yena akanathi
philisi into zamanga lezi yena uzakuphila ngemithi
yesangoma kuphela.Wazonda kakhulu uMaDube ngalesi
siga sikaPopayi kodwa akula ababengakwenza ngoba
lwaseluchithekile uchago lungasabutheki.Ukuthi
baphindele emuva bayephiwa amanye amaphilisi
kudokotela kwakungasayenzi ngoba iklinika
yayikhatshana kakhulu.

Indaba zokuthi uPopayi uphathekile zalala zigcwele iThogotho yonke ,phela uMaDube wayelesifuba esakhatshwa lidube wayengenelisi ukugcina imfihlo.Kwathi nje befika ekhaya wavele waqonda komunye umuzi okwakulotshwala khona wafafaza ke lezo zindaba ,umuntu wonke ke owayelapha waqala ukunathisa ngoPopayi utshwala.Zafika indaba lakuMakhehlane wavele watshaya ingquzu wathi tshana nyamazana yami.Wavele wabonga inyanga uMjiti wathi konke lokhu kungenxayayo ngoba phela nanko yena usenguSobhuku njalo isitha sakhe sesibangwa lezibi. "Ngakutshela ukuthi mina angidlalelwa Makhehlane ,bheka manje suyisikhulu lapha esigabeni isitha sakho sona sibangwa lezibi.Angithi ngatsho ngathi ngitshela loba yini ofuna ngiyenze kusitha sakho,yini manje nxa uPopayi esengasela mandla enje".Kutsho inyanga uMjiti ngelinye ilanga ivakatshelwe nguMakhehlane. "Mkhulu wami amandla olawo ayesabeka ,ulibhubesi uqobo lwalo ngakho ithanda ukuthi ngikukhokhele futhi ngenkomo ezintathu ngoba ungisizile ngempela".Kwaphendula uMakhehlane ngokuthaba okukhulu.Yathaba yabamanzi inyanga izibona zingena esibayeni sayo lezo zinkomo.

Kwathi lapho uMakhumalo esazisa umfundisi ngokwakutshiwo ngudokotela,umfundisi wavele wafonela udokotela wakhe oweza ngesiqubu esikhulu ukuba laye azohlolwa.Wahlolwa laye watholakala elegcikwane,wamangala kakhulu udokotela ukuba umfundisi ulithola njani igcikwane yena engela mfazi.Waphiwa ke lawa maphilisi umfundisi ,wawanatha waqina saka kwabonakala okungabantwana kwesikolo kuphuma isithumethume endlini yakhe.Phela wavele watshiyana loMakhumalo ngosuku emazisa ukuthi ulegcikwane.Kusukela ngosuku umfundisi aziswa ngalo ukuthi ulegcikwane ,wavele wathi kungcono alifafazele abanengi khona bezakufa bebanengi.Bonke omama ababecelwa ukuba bazothanyela indlu kamfundisi bathelelwa lelogcikwane ngabomo.

Wamqinela uMkhuhlane uPopayi waze wamlalisa phansi wathwala nzima uMakhumalo ngoba kwasekumele amtshube ngoba wayesezitshiya.Yamandela ke uThandeka imisebenzi yalapha ekhaya lokhu isikhathi esinengi wayencedisana loninazala wakhe manje khathesi uninazala wayesehlala ebambekile ngesigulane.Wayevuka ekuseni ayekukha amanzi,abuye ayetheza inkuni abase umlilo aqale ukuphekela isigulane ukudla bese ethanyela ke iguma lonke eyedwa.Wakhathazeka kakhulu uThandeka wafisa ukubuyela ngakubo kodwa kwakungasela ngeyinye indlela ,kwacaca ke ukuba ngeqiniso umendo awuthunyelwa gundwane.

Laqala ukubuna iluba likaMakhehlane lokhu kwasekuyisikhathi sebusika inkomo zingasayehlisi ngitsho lakancane.Undofa kaPopayi laye waqhubeka entshontsha leyo ngcosana esengwayo.Watshinga ngelinye ilanga uMakhehlane ethi uMasiwela nguye onatha uchago,kwaliwa lapha endlini ngoba uMasiwela laye wayelekhanda elitshisayo.Baqala ukumdelela abantu uMakhehlane,kuthi lapho ebize umhlangano abantu bengamlaleli lokuthi uthini abanye bezibangela umsindo.Wayezama ukuba akhwaze kodwa

kwakungasancedi wayesefana nje lenja ekhonkothayo
kodwa ingeke ilume ngoba ingela mazinyo. Abantu
bonke lapha esigabeni bakhala ngokuntshontshelwa
uchago lezo ndaba zahamba zaze zayafika ngitsho
lasenduneni uqobo lwayo.Yahlala phansi induna
labasekeli bayo bacubungula lolu daba
olwaluyinsindabaphenduli baze bafika kusinqumo
sokuthi babize ugawula omkhulu azodingisisa ukuba yini
entshontsha uchago lapha esigabeni.Watshayelwa ucingo
ugawula uBhebhe ukuba aze ngokuphangisa ngoba
kuyaphuthuma kodwa wenqaba ngoba ethi usabambekile
kakhulu kulomsebenzi awenzayo .Induna yamcela ke
ukuba aze ngokuphangisa lapho eqeda lokhu akwenzayo.

Zagijima insuku zaze zafika ezokuthi uthandeka
abelethe,wahelelwa phakathi kobusuku abantu belele
weqa uMkhululi wayavusa unina .Phela uMakhumalo
wayengomunye babomama abababesaziwa
ngokubelethisa lapha esigabeni.Ngakho akuzange
kumthathele isikhathi ukuthi abelethise umalukazana
wakhe.Ngesikhathi nje esifitshane kwasekukhala
okungumntwana,kwakuyinkalakatha yesigaqa somfana
.Bamazisa uMakhehlane ukuba umntanakhe ubelethile
kodwa wala ukuzombona ngoba ethi ufuna inkomo
ezintathu ezokuthi uMkhululi wona umntanakhe.Phezu
kwalezi wathi ufuna inkomo ezinhlanu zama
lobolo,zaqhutshwa ke zahanjiswa lezo nkomo.Wabuya
ke uMakhehlane loMasiwela bazobona umzukulu wabo
,uThandeka loMkhululi kwaba yindoda lomfazi
okwamaqini.

Saphumela egcekeni njalo isisu sikaOlwethu saze sabonwa ngunina uMankiwane,wakhuza imihlolo ngoba phela umntanakhe ubemthembe kakhulu.Wayengumuntu wokucina ukumcabangela into enjeyana.Lwakhala uswazi lwephani lwaphela du kwathwa uMathuthuva aze lolunye lalo lwakhala lwaze kwasala soluvuthukile.Kodwa lwakho akuzange kuncede ngoba phela isisu sasala silokhu sikhona.

"Angisoke ngihlale lomuntu ozithweleyo mina ngibe yinhlekisa ebantwini ,siyahamba lamuhla siyakomnikazi wesisu".Kwatsho uMankiwane eqeda kutshaya uOlwethu.

"Mama ngiyaxolisa kwaba liphutha lami".Kwaxolisa uOlwethu.

"Ulokhe ulegunya lokungiphendula ngemva kwerabitshi leyo oyenzileyo".Watsho uMankiwane eyihlalisa impama esihlathini sikaOlwethu.

"Lungisa zonke impahla zakho angisakufuni emzini wami hanti sukhulile wena sukhomba,asambe ke siye endodeni yakho uyekwenda okweqiniso".NguMankiwane lo laye egqoka izicathulo elungiselela uhambo.Baphelekezelwa nguMathuthuva bahamba bebuza indlela yonke ukuthi ngoThemba kungaphi.Bahamba ke njengokulayelwa kwabo baze bayafika ngoThemba.

Bafika bakhuleka esangweni bavunyelwa yindoda eyayisemkulwini ngelikhulu ibhonga,sebengenile emkulwini bahlala phansi.

"Hawu Mayihlalela kanti uhlala lapha?"Kwabuza uMathuthuva ngokumangala okukhulu.

"Mathuthuva jaha usaphila?Heyi sesiside isikhathi ndoda ucatshe ngaphi?"Kwaphendula uMayihlalela.Phela laba bobabili bafunda bonke baze bayacina kubanga lesikhombisa ezifundweni zaphansi ,babengabangani abathandanayo kodwa basuka behlukana ngoba sebesiya ezifundweni zaphezulu.

"Akusikho esikulande lapha ,silande ukuzobika isisu sikaThemba".Kwaphendula uMankiwane esezondile.

"Ukuphi yena uThemba azongitshela ukuthi ulala kanjani lomntwana wesikolo".

"Ngiyaxolisa mama uThemba uphumile uyekukha amanzi kodwa kungekudala uyabe esefikile".Kwaphendula uMayihlalela eseyethukile ukuthi uThemba uyenza kanjani into enje.Wathi nje engena emkulwini uThemba bamdumela nguMankiwane wayawela enkonxeni zamanzi ngale emsamo ,sakhala isibhakela okwazwisa ubuhlungu.Zehla inyembezi kumnewabo uMayihlalela lapho ebona intandane kanina ibhuqwa kabuhlungu kangaka.

"Mama akusuye uThemba wakhona lowo ngiyethemba silahlekile".Kwalamula uOlwethu.Wazisola kakhulu uMankiwane ngesenzo asenzileyo waxolisa kanenginengi.Baphuma bahamba beqonde emzini olandelayo ,phela uMayihlalela lomnawakhe uThemba babeyakhe duze lomuzi kaPopayi.Bathi nje sebezafika emzini kaPopayi bavele babona uMkhululi evulela inkomo esibayeni.

"Nanguya mama umuntu esimdingayo".Kwatsho uOlwethu ekhombela kuMkhululi.

"Heyi wena jahandini akume ukuvulela inkomo lezo uze ngapho."NguMankiwane etsho engena ngokuphangisa emzini kaPopayi.Wamangala kakhulu uMankiwane

ngoba phela babeyazana loPopayi kanye loMakhumalo
sengisitsho laye uMkhululi imbala.

"Silande ukuzobika isisu lapha ,umntwana wenu lo
uThemba umithise umntwana wesikolo akunjalo yini
Themba?"Kwabuza uMankiwane ebuza uMkhululi.
"Uxolo mama ngibona angathi lilahlekile mina igama
nginguMkhululi".Kwaphendula uMkhululi ngokukhulu
ukuzithoba.
"Thula uqamba amanga nguwe uThemba wakhona
ngake ngakubona wena mfana uqhuba ibhasikili uhamba
loOlwethu".Kwangenela uMathuthuva.
"Maye Mkhululi mntanami ungenwe yini ,kambe uze
usokhele amalahle ekhanda yinto esizoyithini
yonale".Wakhala wazigiqa phansi uMakhumalo,uPopayi
yena wazama ukuba akhulume kodwa wasehitshwa
ngamathe wakhwehlela kakhulu okwazwisa ubuhlungu.
"Wabuya kimi uzocela umuthi wokukhipha isisu kanti
ufuna ukuchitha isisu somntanami manje kwehlule bhoyi
amadlozi akwethu ayasebenza,ngizomtshiya lapha
mgcine hanti usungubaba wena.Angila mntwana
odlaliswayo mina abe esetshiywa nje angathi yisichibi
kimi ufike kuhle mfanami.Ngifuna inkomo ezine
zokungonela umntwana ,ngifune lembuzi ezinhlanu
zokuthi umkhiphe esikolo amalobolo sizakhuluma
ngawo esebelethile".Kwalandisa uMankiwane
ngokukhulu ukuzonda.Kuthe lapho uMakhumalo ezama
ukuba alandise ngokuthi uMkhululi usethethe omunye
umfazi,uMankiwane wathi akakungeni yena lokhu
kahlale labo bobabili khona ezafunda isifundo sokuthi
abantwana babantu akudlalwa ngabo.Kwenzakala konke
lokhu uThandeka wayehambe wayakukha amanzi uthe

ephenduka wathola sokulomunye umfazi lapha
ekhaya.Wangena ekamelweni lakhe wakhala inyembezi
zaze zaphela zonke watshona etshaywa yintwabe imini
yonke.

Zaphela du inkomo zikaPopayi kwasala nje ezilutshwana
zibambe isibaya konke lokhu kungenxa yemisebenzi
kaMkhululi.UPurity waphosa waqaleka esizwa kuthiwa
uOlwethu sengumalukazana walapha ekhaya.UOlwethu
yena akathandanga ukubana akhulumisane loPurity
ngoba wayemsola ethi nguye owamenza wenza wonke
lawa amaphutha.Waqhubeka ngezifundo zakhe uPurity
kwaze kwafika isikhathi sokuthi abhale imihloliso yakhe
yokucina.UThandeka loOlwethu labo baqhubeka
ngokuba ngomalukazana balapha ekhaya,uPopayi laye
waqhubeka lokugula kwakhe kwabalusizi olukhulu
konke akwakwenzeka lapha ekhaya kwabatshazwa
ngumuntu wonke lapha esigabeni.

ISAHLUKO 10

Yabhalwa imihloliso yokugcina kubanga lesine kuzifundo zaphezulu,wabobotheka uPurity ngoba wayekwazi ukuthi upasile.Phela opasileyo uyazazela nje eqeda kubhala, lalo oyehlulekileyo uphuma nje esazi ngemva komhloliso ukuthi ubhale udaka.Kwahlalahlala isikhatshanyana impumela yemihloliso yaphuma,wahamba wayathatha okungokwakhe uPurity .Waphenduka ethabe esifa ngoba phela wayebhuqe bonke abantwana lapho esikolo okwenza umphathisikolo wathi uzakumbhadalela kuzifundo zakhe ezilandelayo .Wathaba uMakhumalo watshaya imibululu iguma lonke ngoba phela umntanakhe wayesesiya funda edolobheni lakoBulawayo.Lokhu akumphathanga kuhle uOlwethu ngoba laye kwakuyisifiso sakhe ukuthi aqhubekele phambili ngemva kwebanga lesine,kodwa akusafezekanga ngenxa yokulandela abangane kakhulu.

Sagijima isikhathi sona esingameleli muntu kwaze kwafika insuku zokuthi uPurity alubhekise koBulawayo ukuze aqhubekele phambili ngezifundo zakhe.Wayengomunye wabantu ababengakaze bagade ibhasi lokhe bazalwayo lapha eThogotho.Walala engalele ngalobo busuku ngoba phela inhliziyo yayitshaya kakhulu ecabanga ukuthi kusasa okusayo uzabe esebhasini.Yama esititshini ibhasi waba lomnyama uPurity ngoba ibhasi yayigcwele kungela ndawo yokuhlala ngakho kwakuzamele ahambe emile.Wangena ke wafulathela ibhasi wahamba ekhangele emuva ibhasi yona isiya phambili bafa ngokuhleka abantu ababelapha.Wacaka wasala ngekhanda uMkhululi ngoba phela kwasekumzimela ukugcina abafazi ababili yena esesemncinyane.UOlwethu wakhumbula insuku zakhe esafunda,wasibona isikhathi asidlalisayo wasola kakhulu unina ngokungamuphi ithuba lokuthi azibonele yedwa umhlaba.

Lamtshaya ikhanda uMakhumalo ngesikhatshana laye walala phansi wabangwa lezibi njenge ndoda.Kwaba ngumsebenzi wabomalukazana ukuba baphiphe umamazala lobabazala ngoba uMkhululi wayesetshona elusile.Lokhu kwenza uSkeke waswela umuntu ozamnakekela wabona kungcono ukuba aqhubeke ngokutshontsha uchago.Waphambanisa ngoba wasuka wayantshontshela induna uqobo lwayo.Yatshinga yadla amahabula yacela ukuba uBhebhe aze ngokuphangisa izamhlawula ngokuphindiweyo.Lakanye eseqedile umsebenzi wakhe ayewenza eDlobolobo walubhekisa eThogotho ukuze ayezwisisa ukuba induna uMgabhi uyibizeleni.

"Baba Bhebhe sesiside isikhathi ngikucelile ukuba phuthuma uze ngapha kulomsebenzi omkhulu engifuna ungenzele wona".Yinduna yalapha ikhuluma logawula.

"Ngawuthola umlayezo Nkosi yami yikuthi bengisabambekile lapho engivela khona umsebenzi ubumkhulu kakhulu".Kwaphendula uBhebhe.

"Ngiyabonga kakhulu ke wethu ngoba wenelisile ukuba uzofinyelela kwesethu isigaba njalo.Isiqokoqela sokukubiza kwami kungenxa yezinto ezenzakala lapha esigabeni,isigaba sami sesingcolile Bhebhe ngikho ngikubizile ukuze ungithanyelele yonke leyo ngcekeza".

"Kuyezwakala baba ,lo ngumsebenzi wami njalo ngiyakuthembisa ukuba isigaba sakho ngizasithanyela mina ngokwami sisale sikhazimula okwamaguma eNkosi uSolomoni.Kodwa abantu lingabatsheli ukuthi umsebenzi lo unini ngoba bengaphanga bafihle ondofa babo singabe sisenelisa ukubabamba".
"Uhlakaniphile Bhebhe ngiphose nje ngabiza umhlangano lapha emtolo ukuthi ngibazise kodwa nxa usithi akusiqhinga elihle kulungile wethu.Umsebenzi ngizafuna uwenzele endlini le endala okwakuhlala khona umlimisi walapha ,yikho lapha ozahlala khona uze uqede."Yinduna le isukuma iphuma loBhebhe ukuze iyemtshengisa indlu azasebenzela kuyo.Indlu le yayingumangwanyana nje usuka emzini wenduna,kulapho okwakuhlala khona umlimisi walapha eThogotho kodwa okwakhathesi ayihlali muntu ngoba umlimisi onguye owayehlala lapha wafa isihluku.Wafa ebhebha emalangabini omlilo okwenza indlu layo yatsha yaphela du kwasala imiduli nje imile.Lalamuhla akwazakalanga ukuba lundoda wabulawa yini ,abanye bathi wabulawa yinyanga uMjiti ngoba ebabambe xhaka esixukwini elonkosikazi wenyanga.Njoba nje kwasekuyisikhathi sezulu indlu le yafakwa itende phezulu ukuze ugawula enganethelwa lapho sokusina izulu.

Baziswa ke abantu bonke lapha eThogotho ukuthi kulomhlangano endlini kamlimisi kodwa abasatshelwanga ukuthi kwakungumhlangano wani.Batheleka ke abantu okwenyosi ebhalwini olutsha ,bathi gwaqa lapha phandle kwendlu kamlimisi.Bawubanga ke umsindo kwangathi kusetshwaleni,betshelana amanga abanye besithi babizelwe ukuzo phiwa ukudla yiworld vision njoba nje iziphala zabo sezomile.Abanye ke babesithi induna isiluphele mhlawumbe izobazisa ukuthi sifuna ukuphumula.Batshelana into ezinengi ezitshiyeneyo baze bathula sokusukume induna .

"Bantu bami ngiyaxolisa ngokubiza umhlangano ngesikhathi esincinyane,ngiyazi lilemisebenzi eminengi eliyitshiye emakhaya,kodwa lokhu engilibizele khona lamuhlanje kubalulekile ukwedlula leyo misebenzi yenu".Yinduna le ikhuluma labantu bayo.Lwamvuthuza uvalo uMakhehlane esizwa lawa mazwi enduna wacabanga ukuthi hlezi induna isikwazi ukuthi waqila amavoti ngakho isimkhupha esikhundleni.Uvalo lwakhe lwaluzwakala kulaba ababehlezi duzane kwakhe ,bamangala kakhulu ngoba phela wayeseginqe esemanzi te esephefumulela phezulu okwenkomo edonsa ngefalasi.

"Lo engihlezi laye ngugawula uBhebhe ngiyethemba abanengi selake lezwa ngaye,ngimcele ukuba azothungatha lapha esigabeni sami njoba lani lisazi kukhulu osekwenzekile lapha okudinga impendulo.Abantu bafa bengagulanga nsuku zonke,abanye bayanyamalala,sintshontshelwa uchago malanga wonke, zonke lezi izinto zifuna impendulo yikho ke ngibize ubaba uBhebhe.Ngiyethemba ke ukuba ngesikhathi eqeda umsebenzi wakhe uBhebhe isigaba sizasala sihlanzekile".Yinduna le qede yahlala phansi yanikeza ithuba kuBhebhe.

"Ngiyalibingelela lonke zihlobo zami angisoze ngithathe isikhathi eside ngilandisa njoba induna isikhulumile ukuthi ngilandeni,mina umsebenzi wami

ngowokukhipha bonke ondofa abasebantwini,imithi yonke emibi esetshenziswa ngabantu ukuze bancindezele abanye kanye lezikhonkwane ezingalunganga.Ngakho ngizacela ukuba singene ngamunye ngamunye emnyango lapha ,akula muntu ozabaleka ngilamadoda engihamba lawo azabe ekhangele laba abazama ukubaleka, ngiyabonga".Ngugawula lo qede wangena endlini wasekhanyisa amakhandlela akhe ,wakhupha lesibuko lentambo ntambo ezibomvu.Kwangena umuntu wakuqala wafika wahlala phansi,ugawula wakhangela esibukweni sakhe wabona simhlophe wasesithi umuntu lo akaphume ahambe ekhaya ngoba akaboni lutho kuye.Kwalandela uMayihlalela wangena etshitsha lapha endlini ngoba esazi ukuthi yena ulungile,wakhangela njalo esibukweni sakhe uBhebhe wabona simnyama.
"Baba ngibona umfana lapha ohlala laye ngubani wakho".kwabuza uBhebhe.
"Ngumnawami uThemba ubehlala eDlobolobo kodwa okwamanje uvakatshele kimi ngapha".
"Hawu yikho ebalekile edlobolobo ngoba kukhona akufihlayo ubesazi ukuthi ngizambamba,hamba uyemtshela ukuthi kalethe umuthi wakhe lowu ongamafutha.Lumuthi umenza ukuba engakhangela yiloba yiphi inkazana iyazibona isisemacansini laye".Wamangala kakhulu uMayihlalela waphuma ke lapha endlini eqolotsha okwethole elisuthiyo eqonda ngemzini wakhe.Uqolotsha nje ugijinyiswa ngumuthi lo awugcotshwe nguBhebhe ukuze abe lamandla okulwisanalomfowabo lakho konke okungamehlela endleleni.Kwalandela uMaMpofu ,ugawula wabuka njalo esibukweni sakhe wasesithi indaba kaMaMpofu kayimangalisi akayelahla nje iqhaga lelana lenhlanhla

ayelokhu eligcinile kusukela ngezikhathi esapheka
utshwala.

Kwalandela uMaDube wangena egqenqezela wafika
wahlala wanaba phambi kukagawula.
"Sakubona MaDube?NguBhebhe ebingelela
uMaDube.Waqala wathula uMaDube esamangala ukuthi
ngabe uBhebhe umazela ngaphi.Wamkhangelisisa futhi
ebusweni kwakhona kusithi dlwe kuMaDube.
"Mkami nguwe lo ,ubungaphi isikhathi sonke
lesi".Zawohloka izinyembezi kuMaDube.
"Kambe ngakuzilela iminyaka yonke leya kanti wena
usadla amabele".NguMaDube lo etsho edumela uBhebhe
emanga.
"Ngiyaxolisa kakhulu sithandwa sami ,yikuthi kunengi
ebesekwenzeka lapha esigabeni sethu lawe
uyakwazi.Bekungasikho kufuna kwami ukuba
nginyamalale kodwa lawe uyazi nxa uthethwe yinjuzu
akula into ongayenza sokumele ulandele lokhu
ekufunayo.Yangihluthuna injuzu yacwila lami kumfula
uTshangane ,yikho engathwasa khona ngaze ngaba
ngusahoho kwezokuphembela imikhoba
labathakathi.Ngiyaxolisa kakhulu MaDube wami
kwakungaso sifiso sami,ngidedele ke ngiqedise
umsebenzi wami lo engiwulande lapha sizabuye
sixoxe".Ngugawula uBhebhe lo elandisela umkakhe
uMaDube ukuba wanyamalala njani.UBhebhe
akasazihluphanga ngokuthungatha uMaDube ngoba
kwakungumkakhe wavele wathi akaphume ngoba phela
wayemazi njalo emethemba umaMthembo
wakhe.Waphuma ke uMadube ethithibele ngoba phela
yena wayezitshela ukuthi uBhebhe wafa kudaladala.

Uthe engakafiki emzini wakhe uMayihlalela wadlula emzini kaPopayi ukuthi abazise ngomhlangano ababewubizelwe yinduna.Phela uPopayi loMakhumalo abasaphumelelanga ukuya lapho ngenxa yokuthi babephathekile kakhulu ngakho bathumela umalukazana wabo omdala uThandeka ukuba ayebamela kulo umhlangano.Lwabavuthuza uvalo besizwa indaba ezazibuye loMayihlalela ,waqinisela uMakhumalo wavuka wahlala waqamela emdulwini wendlu.Wacabanga ukuthi bazakwenzani ngontokolotshi wabo uSkeke.Wavalelisa uMayihlalela waphuma wahamba ngoba kwakuthwe aphangise.Wakhasa ngamadolo uMakhumalo esiya ngesiphaleni ukuba ayekhupha undofa amfihle,uthe esefikile esiphaleni wabambelela kwesinye sezigodo ezibaphe uphahla lwesiphala wasesukuma ngaso.Esesukumile walalamela ifasitela lesiphala wavula wasememeza uskeke.
"Skeke ,Skeke".Kwavuka okunkalakatha phela kutshona kulele imini yonke,ngakho kwamangala ukuthi lamhla kuze kuvuswe ngemini enkulu kangaka kuhamba njani.
"Ngiyaxolisa ngokukuvusa masinyane ntombi endala,isimo sibi kukhona umphrofitha okudinga ngamehlo abomvu ufuna ukukubulala ngakho bengithi ngikwazise ukuthi impilo yakho isengcupheni ,awuphephile neze ukuthi uqhubeke ulele lapha".NguMakhumalo esazisa undofa.
"Manje lithi mina ngiyengaphi hanti yini elangiletha lapha,angiyindawo".Kwaphendula okundofa ngelizwi elincane.
"Ungakhathazeki wena ,hanti uyawazi umuzi kaMaDube?"

"Yebo ngiyawazi".Kwavuma ngekhanda okuskeke.
"Hamba uyengena esiphaleni sakhe ucatshe khona
okwesikhatshana uzabuye uphume ugawula lo engaze
ahambe".Kwatshopoka ke ngokuphangisa okundofa
kwasibathela ngesiqubu esikhulu kuqonda emzini
kaMaDube ,kwafika kweqela esiphaleni
kwalala.Wahuba ngesisu uMakhumalo esebuyela
endlini,umango wokusuka esiphaleni usiya endlini
yokulala waba angani ngumango wokusuka emzini wabo
usiya KoMaNkiwane.

Wathi efika emzini wakhe uMayihlalela wathola
uThemba ezigcoba ngomuthi wakhe eselungiselela
ukuthi ahambe ayebuka izintombi ngale
ngezitolo.Yakhala impama yaze yazwakala ngale
ngakoPopayi baze babuzana ukuthi kambe kungabe
kutheni.
"Bisa lapha umuthi lowo wena siphukuphuku,indoda
endala engangawe uyehlulwa yini ukukhombisa
uzitholele umuntu wakho ozahlala laye".Watsho
uMayihlalela eyihlalisa futhi impama esihlathini
sikaThemba ,wadayeka umfana wayawela phandle
le.Wathatha umuthi uMayihlalela wasibathela ngejubane
ewuhambisa kugawula.Uthe esendleleni wahlangana
loThandeka laye etshitsha kwazise laye wayethunywe
ngugawula ukuba ayethatha umuthi.
"Thandeka wabuya uphefuzela kangaka kulungile
mntanami?"Kwabuza uMakhumalo ,phela nguye
owayengathi useselamandla okukhuluma ukwedlula
indoda.
"Ugawula uthe lingiphe into zonke elizifihle esiphaleni
liyazazi lina".Kwaphendula uThandeka.

"Sifihleni thina esiphaleni ,kuhlala imithi yethu le
esiyinathayo njoba ubona siyazigulela
mntanami".Kwaphendula uMaDube.
"Mupheni mani imithi leyo ehlukane lathi".NguPopayi
lowu ngezwi eliphansi,phela wayesazi ukuthi undofa
kudala ehambile koMaDube.
"Butha ke impande zonke ezisesiphaleni uyemupha
ntombi yami kanti sizakuthini".NguMakhumalo
ezihawulisa.Wabutha zonke impande uThandeka
wazihambisa kugawula .

"Next!"Ngugawula lo ememezela ngezwi
eliphezulu.Wangena enyonyobala uMakhehlane angathi
ngumntwana ofundela ukuhamba,ababembona
bamangala bathi uMakhehlane uqale nini ukuba
lezafesane.Wakhangela esibukweni sakhe uBhebhe
,wabona imvimvinya kaMakhehlane .
"Baba khumula iyembe yakho sibone".Ngugawula ecela
uMakhehlane ngesihle.
"Yimi uMakhehlane uSobhuku walapha
esigabeni".Kwatsho uMakhehlane.
"Siyathaba ukuba kwazi baba ,kodwa angilandanga
kuzokwazana labantu lapha ,umuntu ongicele ukuthi
ngize lapha ulesikhundla esedlula esakho.Ngithe
khumula iyembe yakho!".Kwakhwaza uBhebhe esevule
amehlo abomvu angathi liphimpi lilinde imbeba
ebhalwini.Wakhupha ngokuphangisa uMakhehlane
,uBhebhe uthe eyibona leyo mvimvinya wazizwa
engenwa ngumqando,wasesukuma waphuma phandle
loMakhehlane.
"Nduna yami ,lani zihlobo zami ezithe gwaqa lamuhla
lapha ake libone ukuthi uSobhuku wenu unjani.Le

yimisebenzi yakhe azenzele yona ezama ukuba
limkhethe ukuthi abe nguSobhuku walapha,amatshisa
lawa eliwabonayo yikuhaqazwa yimithi akade
eyigcoba.Ubaba lo ulesihlahla emzini wakhe lesi sihlahla
simenza abe lesithunzi njalo esabeke phakathi
kwabantu".NguBhebhe lo esazisa abantu ngemisebenzi
kaMakhehlane.
"Baba ngicela uhambe uyesuphuna iluba lakho uze lalo
lapha ngokuphangisa ungakhohlwa impande ezisendlini
yakho".Wasuka ephaphatheka uMakhehlane ngesiqubu
wawungatsho ukuthi nguSobhuku.

"Kakungene omunye".Wamemeza njalo uBhebhe ,phela
wayethi nxa eseqalile umsebenzi wakhe uyabe seqalile
njalo wayengafuni muntu omphuzelayo kumbe ozama
ukumphambanisa.
"Salibonani baba?"NguMankiwane lo ebingelela
ugawula ngesihle.
"Mama abantu ngibabingelele kudala ngingakaqali
umsebenzi ,khathesi asosikhathi sokubingelelana
banengi abantu abalindele ukungena lapha".Wakhwaza
uBhebhe qede wabuka njalo esibukweni sakhe.
"Hawu nguwe nyanga ndini efundisa abantu ukuloya
lapha esigabeni,phuma ngilandela".NguBhebhe lo
esukuma esiyaphandle.
"Nango omunye zihlobo zami,yinyanga yenu
ngiyethemba lonke liyayazi.Inyanga le ifuye imikhoba
eminengi emzini wayo njalo isikhuphe izisu zabantu
abanengi lapha esigabeni.Ngizacela amadoda amahlanu
azahamba lomama lo bayebuya lemikhoba yakhe
lapha".Bakhuza imihlola abantu abanye besithi kabulawe
umthakathi wezigodo.Kodwa ugawula wathi yena

kalandanga kuzobulala abantu ulande ukuzohlanza
isigaba.

"Omunye njalo".Wamemeza futhi uBhebhe .Wangene
ubaba uMjiti wafika wathi khosololo eceleni
kukaBhebhe.
"Baba ufuna ukungithatha amandla yini,sondela kude le
uhlale esigcabheni yikho okuhlala khona
abanengi".Kwatsho uBhebhe qede wakhangela njalo
esibukweni sakhe.
"Heyi baba uyazenza izinto lapha esigabeni,ngibona
igazi likamlimisi ezandleni zakho lapha ngibone njalo
igazi likaMalayitsha,kanti ubizo lokho ngolokubulala
abantu kumbe ngelokwelapha abagulayo?Phuma
ngilandela".
"Nanso eyinye inyanga yenu Mahlabezulu,endlini yayo
yokwelaphela kulokhakhayi lukaMlimisi kanye
lokhakhayi lukaMalayitsha lo owabhewulwa yimota
emfuleni uTshangane".Uthe engakaqedi ukukhuluma
bavungama abantu badobha izimbokodo sebefuna
ukuchola uMjiti kodwa induna yasukuma yathi
kabangafaki umthetho ezandleni zabo kodwa
kabatshiyele yonke into emapholiseni.
"Ngizacela ke ongxoza ababili bahambe lenyanga le
bayebuya lenkakhayi lezo ngokuphangisa".NguBhebhe
lo qede wabuyela endlini.Waqhubeka ngomsebenzi
wakhe ,bagijima abantu ilanga lonke,abanye bebuya
bethwele imigobho ,abanye bethwele izimbhondlela
ezilemithi kuthi ke abanye bethwele impondo
ezithandelwe ngobuhlalu.Kwabuthelelwa konke
ndawonye kwabayinqumbi enkulu.

ISAHLUKO 11

Eseqedile umsebenzi wakhe uBhebhe wathatha
ipharafini wayiqunga phezu kwengcekeza le ebuthene
lapha waselumathisa umlilo.Kwaqhamuka intuthu
emnyama tshu kwazwakala umnuko ohitshayo .Akula
owatshela omunye ukuthi asambeni sengisitsho lenduna
uqobo lwayo ,wonke umuntu wabonakala esolobela
ezixukwini elubhekise emzini wakhe.Indaba kaMjiti
yadluliselwa enkantolo lapho afumanwa elecala
lokubulala .Inkantolo yathatha isinqumo sokuthi
kuzamele apike okweminyaka elitshumi
lanhlanu.Kwathi ke indlu yakhe ayesebenzela kuyo
yalumathiswa ngomlilo okwenza abanengi bakhumbula
loluya suku iNkosi uLobengula ifulathela
iBulawayo.UMakhehlane yena wavele wathathelwa
isikhundla ngokuphangisa ngoba induna isithi
kasimfanelanga isikhundla leso njoba wasithola

ngemithi.Kwazwakala njalo lamahungahunga okuthi wayeqilibezele kukhetho lokukhetha uSobhuku lokhu kwenza induna uMgabhi yaqinisa isinqumo sokuthi kasuswe kuleso sikhundla.

Wayangeka kakhulu uOlwethu lapho esizwa ngezigigaba zikanina,wadinga waswela umlindi ayengangena kuwo asolobele okomswenya.Phela wayemthemba kakhulu unina engamcabangeli ukuthi engaba ngomunye wabantu abathakathayo.Yatshiswa layo indlu kaMankiwane ayesebenzela kuyo induna yathi kusukela lamuhla akusela muntu ozayelapha abantu engatholanga imvumo evela enduneni.Indaba zabathakathi laba zaduma iThogotho yonke kwaziwa nguwonke wonke ukuthi uzibani lozibani bebeloya,kwaba yinhlekisa enkulu lapha esigabeni.UMakhehlane wafisa lokuthi athuthe ayehlala kwesinye isigaba kodwa kwamzimela ngoba babengasoze bamamukele ngenxa yengcwadi eyabe ivela enduneni ekhombisa ukuthi ungumthakathi.

Induna yabonga uBhebhe ngenkomo ezilitshumi ,imbuzi ezinhlanu kanye labobabhemi abane.Kwathi lapho isizwa ukuthi uBhebhe wayeyileyana ndoda KaMaDube eyanyamalalayo yathaba kakhulu induna okwenza yasikela uBhebhe inkalakatha yensimu ukuze alime loMaDube.Baqinisile abathi inyanga ayizelaphi,phela uBhebhe lo wahlala loMaDube azange abakwazi ukuthi kulondofa laphana esiphaleni.Akula njalo umuntu owayezihlupha ngokuyavula esiphaleni ngoba sasesiside isikhathi amabele aphela.Sagijima isikhathi sona esingameleli muntu ,sakhula isisu sikaOlwethu kwazise lamalanga okuthi abelethe ayesesondele.Baphuma

ngeyinye ikuseni uThandeka lonyanewabo uOlwethu
bathi bayatheza inkuni.Balingena igusu basolobela
,bathe sebethezile inkuni sebelungiselela ukubuyela
ngekhaya saqala isisu sikaOlwethu.Wahelelwa
wabhinqika phansi lapha okwenza uThandeka watatazela
ebamba lapha lalaphaya.Kwakungayenzi ukuthi
uThandeka amtshiye ayedinga umuntu ozambelethisa
ngoba ekhaya kwakukhatshana kakhulu.Lokhu kwenza
uThandeka waqunga isibindi wambelethisa yena
ngokwakhe.Waqhinqa isililo esikhulu uOlwethu
njengomuntu owayeqalisa ukubeletha,ngemva
kwesikhatshana yaphuma intombazane enhle emhlophe
nke kwazise yayifuze unina ngobuhle.Wathaba kakhulu
uOlwethu elubona usane lwakhe wahle walwetha igama
wathi nguSimemelwane ngoba phela elubelethele
egangeni njengoSimemelwane.Babuyela ke ngekhaya
omunye ethwele inkuni omunye ethwele umntwana,uthe
ebabona uMkhululi wathaba laye ebona umntanakhe
wesibili.

Kwazwisa ubuhlungu ngoba phela ugogo lokhulu
walomzukulu basebephathekile kakhulu abasenelisanga
ukuba bathwale umzukulu wabo omutsha.Inhliziyo lo
mphefumulo kwakufisa kodwa umzimba ungasavumi
ngakho bamane bavula amehlo kuphela bathi
amhlophe.Mhlalokho uMkhululi watshona ekhala imini
yonke ngapha elusile ngoba phela wayecabanga ukuthi
abafazi laba bobabili kanye labantwana uzabagcina
ngani.Wacabanga ukuthi inkomo zikayise seziphele du
esibayeni ngenxa yezenzo zakhe ,wacabanga ukuthi laye
kafundanga pho imuli uzayiphani.Wakhala inyembezi
zaze zaphela du watshona eklifiza imini yonke angathi

ngumntwana otshayiweyo osemelele ukuthi unina abuye ambone ukuthi ubekhala khona ezajezisa laba abamtshayileyo.

Induna yakhetha uBhebhe ukuthi abe nguSobhuku omutsha lapha esigabeni,yatsho lokuthi kusekela lamuhla akusela kuvota okuzenziwa ngoba abantu bayaqilibezela.Waba lenhlanhla yaMaswazi uMaDube phela wayesekhonjwa ngophakathi lapha eThogotho,wawungeke watsho ukuthi nguye lowana owayengena imizi ngemizi ecela amahlamvu etiye letshukela.Ekuseni babeyenza okokukhetha ukuthi lamuhla bayanatha itiye elochago lwembuzi kumbe olwenkomo.Yaqala indlala koMakhehlane njoba nje isikhundla sasesimphelele,wabonakala ekuseni uMasiwela esiyacela itshukela koMaDube.Safezeka isitsho esithi inxeba lendoda alihlekwa,okwenza uMaDube loMasiwela kuyamenza phela lumhlaba esiphila kuwo bathi uyabhoda.Kodwa abanye kabawuboni ukubhoda kwawo babona angathi uzahlala umi ndawonye bekhohlwe yikuthi okungapheliyo kuyahlola.Okungangokuthi nxa ungumuntu ubona angathi umhlaba umile kutsho ukuthi awukahlatshwa,ngoba oseke wahlatshwa ngameva alumhlaba engafakaza ukuthi umhlaba ngeqiniso ulivili.Le kwakungeyinye yemicabango eyayiduma ekhanda likaMkhululi,wayecabanga ingoma yendolwane ayehlala eyigida ezitolo eqala ngayo abantu esithi ubukhosi ngamazolo lamhlanje nguwe kusasa yimi.

Umangoye waqhubeka eqamela amaseko emkulwini kaMakhehlane okwenza bacina bavumelana lomfazi

ukuthi kungangcono balande amalobolo kaThandeka
koPopayi.Lathi liphuma ilanga labo bengena
koPopayi.Ngendlela uMakhehlane aye zonda ngayo
uPopayi akazange abelendaba lokuthi uyagula wavele
wangena wethula indaba aze ngayo.
"Sesiside isikhathi umntanami ehlala lapha ngakho
lamuhla ngizothatha okungokwami ukuze lani lisale
lokungokwenu".NguMakhehlane lo enganake lutho.
"Awusasizweli ngani Makhehlane asisela nkomo thina
njalo siyazigulela".NguPopayi lo ngezwi eliphansi.
"Yikho ngize lapha ukuze sikhulumisane ngibone ukuthi
ngilizwela njani phela ngiyabona liphathekile njalo
lesibaya sakho sesinciphile.Angifuni nkomo ezinengi
ngifuna ezinhlanu nje kuphela ,phakathi kwazo kugoqela
ezamalobolo lezokuthi uMkhululi wangonela
umntwana".Uthe esakhuluma uMakhehlane kwangena
uMankiwane ehamba loMathuthuva.UMakhumalo
loPopayi bavele bazi ukuthi laba labo sebelande
amalobolo abo.Sebebingelelene uMankiwane wethula
udaba aze ngalo,ngeqiniso
kwakungolwamalobolo.Waphosa waqaleka uPopayi
ngoba phela uMankiwane wathi yena ufuna inkomo
eziyisikhombisa,lokhu kwakusitsho ukuba uPopayi
uzasala engasela nkomo kodwa eselembuzi kuphela.

Ngenxa yesimo salaba bobabili uMankiwane wehlisa
inani lenkomo wathi laye kabamuphe ezinhlanu ukuze
labo besale belenkomo ezibambe isibaya,watsho lokuthi
kuyazila ukuthi indoda isale ingela lutho
esibayeni.Wathi esebona ukuthi isimo sesisibi
uMakhumalo wathi kababize uMkhululi labomalukazana

bonke bangene ngendlini.Sebengenile bahlala phansi bonke waqala ukukhuluma uMakhumalo.

"Ngilusizi ngalokhu engizathi ngilazise khona ngoba ngikutsho sengisembhedeni wokufa".Lwamtshaya uvalo uMkhululi ngoba phela waye qala ukuzwa unina ekhuluma kanje.

"Zinengi izinto ezimbi engizenzileyo lapha emhlabeni okumele ngabe ngizilungisise ngisahamba ngezami izinyawo.Olwethu lawe Thandeka ngiyethemba lokuthi lilesiqiniseko sokuthi abantwana benu ngabakaMkhululi ngempela ngoba mina angifuni lenze iphutha elifana lelami".Walalelisisa uPopayi ukuthi kanti uMakhumalo sesithini.

"Ngiyendele lapha kuPopayi ngivele ngizithwele isisu sikaMkhululi kodwa angiyazisanga indoda yami ngoba bengisesabela umendo wami ebengiwufuna ngamehlo abomvu.Ngiyaxolisa baba Popayi ngoba angisakwazisanga ukuthi ukwehlukana kwami loMakhehlane phambi kokuba ngize lapha emzini wakho ngasengivele ngithwele inhlanyelo yakhe".Bamangala bonke abantu ababelapha endlini ukuthi kanti kwenzakalani.Watshinga uMasiwela ethi uMakhumalo kathule sewumaniswa yikugula,kodwa abanye bathi akachume ayekele uMakhumalo aqede akukhulumayo.UPopayi yena akazange amangale ngalokhu ngoba wayevele ekwazi ukuthi uMakhumalo wamthatha ethandana loMakhehlane.Yikho nje laba bobabili beyingwe lenja kungenxa yokuthi uPopayi wathathela uMakhehlane umfazi.

"Mkhululi ungixolele mntanami uThandeka ngudadewenu lihlangana kubobaba,bengisesaba ukukutshela isikhathi sonke lesi,le yimfihlo yami

engayigcina kusukela ngiyendela kuyihlo.Ngicela
ungixolele lawe Popayi ngalesi senzo sami
esibi".UMankiwane wathi ebona ukuthi indaba lezi
zinzima waphuma wavalelisa wathi inkomo zakhe
uzifuna ngokuphangisa.Esizwa lawa amazwi uThandeka
waphuma egijima lapha endlini wayaziphosela
embhedeni wakhala kabuhlungu,wazibuza ukuba nxa
umhlaba unje pho abantu baphilelani kuwo.

UMkhululi yena wavele waqanda amadolo lawa lamathe
atsha wonke emlonyeni ,inhliziyo yakhe yathi
akaziphosele eziko atshe afane lomlotha.Kodwa wabuye
wacabanga abantwabakhe ukuthi nxa yena engafa
bazasala begcinwa ngubani.
"Makhumalo ubuthuleleni isikhathi sonke lesi,usukhona
ukhuluma lamuhla izinto sezonakele
ngenxayani?".Kwabuza uPopayi qede wakhwehlela
kakhulu waseqhubeka futhi.
"Kangisakwazi ukuthi ngikholelwe kukuphi manje ,nxa
uMkhululi engasigazi lami okutsho ukuthi loPurity laye
hlezi kasimntanami".
"Ngiyaxolisa ngokugcina leyo mfihlo isikhathi sonke
lesi,iqiniso yikuthi thina sobabili kasilamntwana ngoba
uPurity ngumntaka *Father Philip*.Sesiside isikhathi
ngithandana lomfundisi ,ngathandana laye ngesikhathi
eqala ukuza lapha eThogotho yiwo lowo mnyaka
engazala khona uPurity.Bengicela lingixolisele
kumntanami uPurity limtshele ukuthi ngizahlala
ngimthanda".Lawa kwakungamazwi okugcina
kaMakhumalo ngoba wathi eqeda kuwatsho wahle
waphela.Kwakhalwa isililo esikhulu lapha endlini
esazwakala ngale ngakoMayihlalela,sahamba saze

sayafika koMaDube baza bethelekile abantu bezokuzwa ukuthi kanti kutheni.

UMakhehlane loMasiwela baphuma bekhuza imihlola lapha koPopayi batsho lokuthi ukukhuluma kukaMakhumalo lokhuyana bekusolisa ngempela.Phela bathi umuntu ogulayo ungambona ekhuluma kakhulu kumbe ekhuluma imfihlo esilesikhathi ifihliwe kutsho ukuthi isikhathi sakhe sokuphumula siyabe sesiseduzane. "Hawu kanti longcwele ngcwele lo umfundisi wabo uthule nje ubadla izithende".NguMasiwela lo ekhuza imihlolo.
"Yazi nxa uNkulunkulu engabuya lamuhla ngiyakutshela singabona izimanga lapha ngoba phela abantu abanengi lungakhala uswazi ngiyakutshela,sengisitsho labo laba esingabacabangeliyo".
"Yikho mina ngisithi kungcono ukuba ngumhedeni kulokuthi ngihambe esontweni ngilanda ukuyalinga iNkosi,hayi mina ngeke ngikwenze lokhu.Khona wakubona ngaphi ukuthi indoda iyahlala ingela mfazi,iphila njani indoda ingela mfazi Masiwela akungitshele".Kwabuza uMakhehlani.
"Akuphileki baba angithi nanko kumehlule umuntu weNkosi,uzele angithi iqiniso liphumile lamuhla.Uthi ungababona betshumayela ungatsho yini ukuthi yibo laba abenza iziga ezinje,emini bembatha isikhumba semvu ntambama basikhumule silahlelwe kude le bavunule isikhumba seganyana uyadlala wena". Kuphendula uMasiwela.
"Ngilusizi ke ngoPopayi lo owayezitshaya isifuba ethi uzele kanti kala ngitsho mntwana".

"Ubezaba labantwana njani kulamadoda anjengani
lihamba lilala lapha lalapha lizalisa abafazi babanye
abantu.Khona manje akusela malobolo esizakuwathola
ngenxayakho".NguMasiwela lo esethukuthele.
"Mayuyu Masiwela le yinto eyenzeka kudala lami
ngilokhe ngimangele nginje,yikuthi izinto zenzeka
masinyane njalo ngesikhathi esincane".NguMakhehlane
lo exolisa.

Akuhlalanga sikhathi eside uMakhehlane loMasiwela
befike emzini wabo ,wayesethelekile uThandeka
lempahla zakhe.Wathi yena ngeke wayendela
kumnewabo njalo ulusizi kakhulu ngento le
eyenzekileyo.
"Owami umntwana ngizamtshela ukuthi uyise
ngumnewethu uMkhululi ,ahlale ekwazi kulokuthi
ngimfihlele acine esiyathandana lomntakaMkhululi into
elihlazo kangaka.Mama ngiyazenyanya ngesenzo lesi
esenzekileyi,ngifisa ngabe umhlaba uyangiginya ngihle
ngiphumule njengabanengi".NguThandeka lo ekhalisa
okosane olusanda kuzalwa.
"Siyaxolisa mntanami ngalokho
okwenzekileyo,amaphutha ayenzeka kulo umhlaba
esiphila kuwo kodwa inkalakatha yikwazi ukuqondisisa
lapho okuphambaniseke khona kusese
lesikhathi".NguMasiwela lo eduduza uThandeka.

ISAHLUKO 12

Indaba zikamfundisi zamemetheka indawana yonke njengomlilo wehlathi,abantu bonke bazi ukuthi inceku yeNkosi ilomntwana.Zahamba zaze zayafika lasendlebeni zika*Pope* onguye umkhulu webandla.Wabuya engasadlanga nkotshana ,wafika wahitshana lomfundisi ethi kungani engcolisa igama lesonto kanje.Wathathelwa ke izigqoko zobufundisi ,wathathelwa lemota le ayehamba ngayo ngoba wayeyithengelwe libandla.Kwathwa akabuyele edolobheni ayephila impilo ayifunayo yakhe hatshi le eyobufundisi,ngoba le eyobufundisi ayimfanelanga.Phela impilo yobufundisi ifuna umuntu ozinikeleyo,ozimiseleyo ukuthwala isiphambano alandele iNkosi kungela kunyemukula emuva.Yimpilo yokuzibethelela esiphambanweni sakho nsuku zonke ukuze unganqotshwa zinkanuko zalo umhlaba.Konke lokhu kwamehlula u*Father Philip* ngoba yena

wayethethe isifundisi njengomsebenzi wakhohlwa ukuthi
isifundiso lubizo oluvela eNkosini hatshi oluvela
emuntwini wenyama.Ukuxotshwa kukaPhilip
akutshongo ukuthi imnyango yesonto isizavalwa,kodwa
kwalethwa umfundisi omutsha u*Father John* ukuze
azokwelusa izimvu lezi ezasezilahlekelwe
ngumalusi.Nguye umfundisi omutsha owaphatha
umngcwabo kaMakhumalo,kwakugcwele kusesabeka
mhlazana womngcwabo ngoba phela abantu babelande
ukuzozizwela mathupha ukuthi ngeqiniso kwenzakaleni.

Wayekhona laye uPurity ukuze phela azovalelisa
unina,wakhala isililo esenza kwahela ethunjini lomfazi
wonke ozeleyo.Okwazwisa ubuhlungu nguPopayi lo
owayebanjiwe isikhathi sonke ngoba phela engasela
mandla.Eseqedile konke okwenziwa emgcwabeni
umfundisi wapha ithuba kuzihlobo ukuba
zikhulume.Izihlobo zathi kungangcono kukhulume
ubaba womuzi njobana esaphila,engakakhulumi uPopayi
waqalisa ingoma yona eyaqagwa ngabomama
ngokuphangisa njoba uPopayi wayengasela mandla.

'Inzima lindlela ilameva
Iyahlaba guq'uthandaze
Guq'uthandanze
Guq'ukhuleke'

Bayihlabela bayiphinda kanengi nengi lingoma,ithe
isiphelile uPopayi waseqala ukukhuluma.
"Bantu bakithi ngiyabonga ngokuza kwenu lapha ukuze
lizokhala lathi ngosuku lwalamuhla,lizosesula inyembezi

lapho sivalelisa umkami engiphile laye isikhathi sonke lesi.Bengicela lingixolele ngakho konke engizakutsho lamuhla lapha,yikho ngiqalise ngengoma yesonto ngoba ngiyazisola kakhulu ngezinto esizenzileyo mina lomkami.Ngihlala ngisizwa emingcwabeni yonke kuthiwa umuyi ubelungile,ngizibuze ukuthi pho igehena lalungiselwa obani nxa kuzathwa umuntu wonke ulungile ngosuku angcwatshwa ngalo".Wakhwehlela okwesikhatshana uPopayi waseqhubekela phambili.

"Mina loMakhumalo besiloya,sibhodile ezinyangeni lapha sidinga imithi kanye labondofa ngoba besikholelwa ukuthi impilo zethu ziphethwe zinyanga.Kodwa lamuhlanje siyakhala zikuphi lezo zinyanga.Besilondofa esasimdingele ukuthi abulale uMakhehlane kodwa ngenxa yobuqholo bakhe wasuka wayabulala uSikhumba umuntu ongela cala".Bakhuza imihlolo abantu ,abanye besithi sokwanele abamyekele aphumule engaze esaqhubekela phambili,kodwa umfundisi wathi akaqhubekele phambili akhulume amacala akhe wonke ukuze iNkosi imthethelele.

"Ngosuku uBhebhe ethathela abanye ondofa babo ,owethu undofa sathi kayecatsha esiphaleni sikaMaDube ,ngiyethemba lalamuhla ulokhe ekhona.Ngala mazwi amafitshane ngithi umkami akalale ngokuthula ,kwangathi lami nxa ngiwutshiya lumhlaba iNkosi ingangemukela kwesokunene isandla sayo ngendlela eyemukela ngayo lelana sela".Lawa kwaba ngamazwi okucina kaPopayi.Kwathi ngemva komngcwabo umfundisi wacela ukuthi uPopayi abhabhathizwe ngoba ngeqiniso kwakukhanya ukuthi usephendukile.Kwaba lusizi ke ngoba wathi ephuma emanzini okubhabhathizwa kwaba yikuphela kwakhe.UBhebhe

wacela ukubana amadoda aze lezikhali emzini wakhe
bezobulala undofa lo okuthiwa usesiphaleni.Lakanye eza
ngobunengi bawo amadoda ,omunye lomunye ethwele
isikhali sakhe,kwakukhona amahloka,kukhona izagila
kanye lamabhemba.Sagonjolozelwa isiphala ukuze kuthi
loba undofa eseqa ezama ukubaleka engaze
waphumelela.Wanyenya uBhebhe waze wayafika
esivalweni sesiphala,wadonsa isivalo walunguza
phakathi wathola kukhala ibhungayezi.